乙女ゲーで狼陛下の溺愛攻略対象です

松雪奈々

幻冬舎ルチル文庫

CONTENTS ✦目次✦

乙女ゲーで狼陛下の溺愛攻略対象です

✦カバーデザイン＝齋藤陽子(CoCo.design)
✦ブックデザイン＝まるか工房

イラスト・陵クミコ✦

乙女ゲーで狼陛下の溺愛攻略対象です

一

いよいよだ。

いよいよ、ゲームがはじまる。

俺は緊張と不安で揺れる気持ちを落ち着かせるように静かに息を吐き、父に続いて馬車に乗り込んだ。父のむかいに俺がすわると馬車がゆっくりと動きだす。

馬車は公爵《こうしゃく》家の門を出ると石畳の街道を進み、川むこうにある王宮を目指す。公爵家の塀沿いに立つポプラ並木を通り過ぎ、国内一幅が広く堅牢《けんろう》なアブラムソン橋を渡る。歩いて橋を渡る人もいれば、馬に乗っている人もいる。いつもと変わりない風景を車窓から眺め、この平穏が一日でも長く続いてほしいと願う。

「ケイ。ようやく明日だな」

話しかけられ、父のほうへ顔をむけると、父は車窓を見ていた。

「ええ。戴冠式《たいかんしき》ですね」

そう。明日は戴冠式だ。二か月前に前王が不慮の事故で他界し、喪が明ける明日、王太子が正式に即位する。

「まったく大変な二か月だった」

「お疲れ様でした。まだ落ち着かないとは思いますが、もうひと踏ん張りでしょうか」

宰相《さいしょう》である父は、王の急逝という不測の事態にてんやわんやの日々が続いていた。自然とねぎらいの言葉が口から出る。

父がこちらに顔をむけた。

「しかしなあ。結局、本当に結婚されぬまま即位まで来てしまったなあ」

「そうですね」

「おまえは殿下のお気持ちを知っているだろう。どうだ。お心に変化はなさそうか」

出た。恒例の月一チェックだ。

父はなにかにつけて王太子の気持ちを俺に訊《き》くのだけれど、それには理由がある。

王太子エリアスと俺は同い年のいとこで、幼い頃から親しく、二十六になったいまでは無二の親友だと互いに公言している。ほかの誰よりも、エリアスの本心をわかっていると思われているだろう。

そしてエリアスは、生涯独身宣言をした前代未聞の王太子だった。

権力争いで貴族諸侯がこぞって王太子に娘を嫁がせようとやっきになるのは説明せずとも想像がつくだろう。エリアスが幼いうちから貴族たちの戦いははじまり、十代に差しかかるといよいよ過熱してきて、彼はその状況にうんざりしたらしい。普通ならば戦いを鎮めるために、あるいは後ろ盾を得るために程よい貴族の娘を妃《きさき》に選ぶものだろうけれど、彼は違った。

権力の偏りは国を亡ぼす元凶であるから、一部の貴族に肩入れすることはしない。だから結婚しないと宣《のたま》った。そして、王の子孫が王位を継ぐ。これも短命な政権になりやすいと歴史が証明している。だから子をなすつもりもないと。そう言って諸侯たちを黙らせた。

その宣言から今年で十年。エリアスも人の子、気持ちに変化があってもおかしくないわけで、そこをライバルたちが見逃さず勝利をおさめやしないか、父は気になってしかたがないんだ。

俺には姉がひとりいる。でも姉はすでに結婚しているから父にはどうしようもないんだけれど。

「いまのところ変化はないですね」

俺は慎重に答えた。

「もちろん今後はわかりませんけれど」

「そうか」

いつもと変わらぬ俺の返答に父がつまらなそうに鼻を鳴らしたところで馬車がとまった。

王宮に着いたんだ。

王宮正殿の外観は白を基調とした三階建てのシンプルなバロック調。馬車を降り、正殿の正面玄関から中へ入ると父と別れ、それぞれ自分の仕事場へむかった。

金で縁取られた大きな絵画に無数のシャンデリア。奥へ進むにつれて内装がきらびやかになる廊下を行くと、階段脇に大きな姿鏡がある。階段をのぼろうとすると、自然とそこに映る自分の姿に目がいく。

身長は百七十センチぐらい。平均よりも小柄で細い体型だが、貧弱というほどでもない。髪は金髪でショートボブにしている。目は水色。優しそうな美人だとよく言われる整った顔立ち。服装は瞳の色にあわせた水色の上着にベージュのベスト、白いズボンに茶色の靴。どれも最高級品だ。

俺には前世の記憶があるのだけれど、その昔の俺がいまの俺の姿を見たら、勝ち組だと思うだろう。

前世の俺は日本のごく普通の家庭に生まれた、容姿も才能もごく普通の男だった。

対していまの俺はどうよ。王国屈指の由緒ある名門であるカルネルス公爵家の長男として生まれ、父は宰相として王宮内で力を持っており、王太子とはいとこで親友。その上女子にもてそうなルックス。

完全に勝ち組。人生イージーモードとはこのことよ。

なんてね。

実際は、イージーモードなんかじゃない。その立場になって初めてわかる。貴族には貴族の苦労がある。女子にもてそうな外見だって意味はない。だって俺が好きな相手はノーマルな男だから。

財力も権力も容姿も手にして生まれて、初めて実感する。幸せって、そこじゃないんだって。

俺は鏡の前を通り過ぎると、階段をあがりながらベストの内ポケットから鍵《かぎ》をとりだした。

二階へあがり、鍵を握りしめながら廊下を進むことしばし、まもなく目的の部屋の前へ到着した。「緑の間」と呼ばれるそこが俺の仕事場であり、王太子の執務室でもある。

金縁に白塗りの扉の鍵穴に鍵を差し込んだら、すでに鍵が開いていた。おや、と思いつつそっと扉を開けると、室内には人がいた。

壁面は深緑に塗られ、建具は白で統一された落ち着いた部屋。そこに黒い上着を着た長身の青年が、開け放った腰窓に手をかけ、外の木々を眺めていた。

通った鼻筋に深緑色の瞳、男らしく端正な横顔と均整のとれた立ち姿。

王太子エリアスだ。

眺めているのはリンデの木か。白い小花が満開で、それを観賞しているのだろう、その姿に俺は思わず息をとめた。

あまりにも、素敵で。

朝の日差しが窓から差し込み、その光がキラキラと彼の黒髪を縁取っている。絵から抜け出たような姿に見とれてしまい、にわかに胸がドキドキしだす。

いや、ときめいている場合じゃないって。

我に返って室内に足を踏み入れたとき、エリアスがこちらをむいた。と同時に室内にそよ風が吹き込む。

黒い前髪が風をはらんでふわりと額《ひたい》に落ち、印象的な目元を強調する。深緑の瞳がまっすぐに俺をとらえ、とたんに彼の目元がふわりと和らぐ。

「おはよう、ケイ」

低く艶《つや》のある声が、俺の名を呼ぶときは優しく響いて鼻血が出そうだ。

はあ。今日も格好いいなあ……。

毎日朝から晩までそばにいて見慣れているはずなのに、会うたびに見とれてる俺ってちょっとイカれていると思う。

「おはようございます、殿下。今日は早いんですね」

部屋の隅に俺の机があり、俺は席について筆記用具を準備した。

俺の仕事は書記官だ。書記官とひと言で言っても国によって政権のトップを表したり外交官を意味したりと様々だが、わが国では単純に記録係。事務も携わる。記録の改ざん等不正を防ぐために独立した組織となっており、俺の他に全部で八人、普段は各大臣の元で各々仕事をしている。その中でも王専属の書記官は王の側近中の側近と目されており、それが俺だ。王の言動と、王に対面した相手の言葉を逐一速記していく。正式な即位は明日だけれど、二か月前からエリアスが王の仕事を継いでおり、前王についていた書記官も退任したため、エリアスについていた俺も自動的に昇進した。

「早く目が覚めたんだ。王太子生活も今日で最後だからかな」

エリアスは窓を閉めると、部屋の中央にある大きな執務机に寄り掛かるように立った。

俺は微笑《ほほえ》んで彼を見あげた。

「感慨深いですね。エリアスを殿下とお呼びするのも、今日で最後ですね」

俺は立場上、エリアスに対して丁寧な言葉遣いで接している。でも親友だと公言している仲でもあるので、ふたりきりのときは砕けた話し方をしたり、名を呼んでみたりもする。そうすると彼は「おや」という顔をする。

いまも、俺が名を口にしたから彼の眉が軽くあがった。そしてほのかに笑う。

「俺をエリアスと呼んでくれるのは、もうおまえしかいないな」

彼の母親は彼が幼い頃に他界しており、父親は二か月前に他界したばかりだ。嬉《うれ》しそうな、だけどさみしげな表情を見せられ、俺はとっさに返す言葉が見つからない。

「これからも変わらず、呼んでくれ」

もちろんそうするつもりだ。俺は頷《うなず》こうとして、そこで動きをとめた。

これからも――変わらず呼べるだろうか。

明日起きるであろう事象が不意に脳裏をよぎり、先ほど感じていた不安がよみがえった。

「どうした」

急に表情を曇らせた俺に、エリアスが尋ねてくる。

俺は急いで首を振った。

「いえ、なんでもないです。ちょっと……先ほど、父に言われたことを思いだしてしまって」

なんだ、と深緑の瞳が先を促す。

「殿下のお気持ちに変化はないかと。いつもの質問です」

本当のことは言えないので、ごまかすためにそう言った。するとエリアスは呆《あき》れたように嘆息した。

「またか。飽きないな」

「それはそうでしょう。明日には国王になられる方のことですから。俺の父だけでなく、全国民の関心事ですよ」

「結婚する気がないのは、まったく変わりないな。妃が散財したり権力を握って重臣を殺《あや》めたり妾《めかけ》と組んで王を毒殺したり、歴史を見るととんでもない話ばかりだ。問題を起こすに決まっている好きでもない女と結婚してなんの得がある。……俺は、おまえがいればいい」

恋愛に興味がないらしく、この話題になるとエリアスはいつもこう力説するのだけれど、近い未来、彼がこの持論を覆す可能性があることを俺は知っているから、曖昧《あいまい》に笑って聞き流すに徹している。

俺の表情を見たエリアスが横をむいてため息をつく。

「なにか？」

「……いや。宰相は俺のことよりも、自分の息子の心配はしないのか」

「それは諦《あきら》めているようですね。嫁いだ姉に息子がふたりできたので、彼らが成人したら、どちらかにうちの家督を継がせたらいいと提案したら、それ以降なにも言われなくなりました」

すこしだけためらうような間を置き、エリアスが探るように尋ねてきた。

「おまえこそ、気持ちの変化はないのか。昔から、恋愛に興味はないと言い続けているが」

俺は笑顔で即答した。

「はい。仕事が楽しいですから。エリアスと一緒ですよ」

エリアスはなにか言いたそうな顔をしたけれど、そこに侍従が書類を抱えてやってきて、話は打ち切られた。

席にすわり、書類に目を通しはじめるエリアスの姿を盗み見ながら、俺は先ほどの会話を思い返す。

仕事が楽しいのは嘘じゃない。でも、恋愛に興味がないのは嘘だ。

エリアスのことを親友と公言しているけど、本音は違う。

俺は、ずっと前からエリアスに恋している。前世の頃から、恋し続けている。

じつはこの世界は、前世で俺がプレイした乙女ゲームの世界なんだ。ピュアな女子向けの乙女ゲームをなぜ男の俺がというのは言いっこなしだ。俺は乙女なゲイなんだ。

エリアスは攻略対象のひとりで、俺の初恋だった。格好よくて真面目《まじめ》な人格者だけど、内面では愛情に飢えて孤独を抱えている。できることならそばにいて支えてやりたいと思っていた。

転生してからも、気持ちは変わらない。もちろん、この世界に転生してしばらくはここがゲームの世界だなんてわからなかったけど。

幼い頃は前世の記憶があることに戸惑いばかりだった。

行ったことのない場所や会ったこともない人の記憶、経験したはずのない記憶、親も知らない知識。その膨大な記憶に混乱していたけれど、八歳になる頃には、それが前世の記憶で、ここは日本とは異なる異世界なのだとぼんやりと認識できるようになった。そして気づけばエリアスに恋していた。当時はエリアスも子供で可愛い顔をしていたから、前世でプレイしていたゲームのキャラと同一人物だとは気づかなかったけれど、成長するに従い、エリアスってあのゲームのエリアスに似てるなあなんて思うようになって、十八歳で書記官に任命されたとき、気づいた。あれ？　そういえば書記官の攻略キャラもいたな。名前は確か――ケイ……。あれ……？　まさか……これってあのゲームの世界？　俺も攻略対象？　って感じで。

ゲームの主人公は女の子だから、エリアスは当然ノーマル。転生して運よく彼のそばにいられることになったけれど、ゲーム内で彼が主人公と結ばれるところを何度も観たから、男の自分の気持ちが通じるわけがないと重々承知している。だからそれはもう諦めているし、いいんだ。気持ちを伝えても困らせるだけだから、言うつもりはない。こうしてそばにいられればいい。

それよりも、だ。

問題は、ゲームの内容だ。

ざっと説明すると、舞台は十八世紀末頃のヨーロッパ風世界。王の戴冠式のときに現れた魔女が、王の対応に腹を立て、腹いせに王宮にいた全員を獣人《じゅうじん》にしてしまうんだ。書記官は獣《けもの》の手になって仕事ができないため、助っ人として主人公が王宮へ呼ばれたところからゲームがスタートする。攻略対象は四人。王と主人公が結ばれた場合、変身した全員が元の姿に戻る。他の三人と結ばれた場合、それぞれのキャラだけが人間に戻る。誰とも結ばれなかった場合は誰も元に戻らない。

という感じ。

獣人なんて、冗談じゃない。ゲームをプレイしていた時は他人事《ひとごと》だったけど、いまは当事者。主人公の選択によっては今後一生獣人として生きなきゃならないんだから一大事だ。

さっきも言ったけれど俺も攻略対象のひとり。俺と主人公が結ばれれば、俺だけは人間に戻れる。でも俺はエリアス一筋のゲイだから、女の子と結ばれることはあり得ない。

失職してエリアスのそばにいられなくなるのは絶対に避けたいし、全員が人間に戻ってほしい。

なによりエリアスには幸せになってほしいから、一生独身なんて言わず、愛する人を見つけてほしい。

総合すると、主人公にはエリアスと結ばれてほしい。それしか選択肢はない。

だから俺はふたりがくっつくために、うまく立ちまわらなければならない。

うまくできる自信なんてない。本音を言ったらエリアスと他の誰かが結ばれるところなんて見たくない。でもやらなきゃいけないんだろう。

考えると憂鬱《ゆううつ》になる。

魔女がやってくるのは明日。ついに明日。

魔女がエリアスの対応に腹を立てるのが発端なんだよな。

エリアスがどんな対応をするのか、その辺のことはゲームにはなかったんだけれど、いったいどんな対応をするんだろう。彼が誰かを怒らせるような下手《へた》な対応をするって、想像できないんだけど。

それってやっぱり、回避することはできないのかな。

エリアスがそもそも魔女を怒らせなければ、皆が獣人になることもないし、いまの平和な日々が続くわけだ。

そのことは、これまでにも何度も考えた。でも対策の立てようがない。

魔女の居場所がわかれば、そもそも明日来られないように画策することもできるかもしれないけれど、魔女の居場所は誰も知らないし。

対策がないからと言って、なにもしないで手をこまねいているのももどかしい。せめてエリアスに忠告ぐらいしておくべきかな。

エリアスを見ると、彼は淡々と書類に目を通し、サインをしている。

忠告と言っても、なんて言おう。急に変なことを言いだすのもねえ。

逡巡《しゅんじゅん》して声をかけられず、じっと彼の横顔を見つめていると、彼のほうから声をかけてきた。

「なにか言いたそうだな」

手をとめず、視線だけをこちらにむけられた。

うわ、ずっと見てたの、ばれてたんだ。

恥ずかしさに耳が赤くなるのを自覚しつつ、俺は口を開いた。

「あの……エリアス。明日のことなんだけど……」

頭の中がまだまとまっていなくて、無意識にタメ口を使ってしまう。

視線を伏せ、言葉を探しているあいだ、エリアスは手をとめてこちらへ身体《からだ》をむけ、見守るように黙って俺の言葉を待ってくれていた。

「その……変なことを言ってもいいですか」

「なんでも遠慮せず言ってくれ」

促され、俺は意を決して言おうとした。が、寸前でやめた。

「いえ。やっぱりいいです」

戴冠式を前にして、魔女が来るなんて不吉なことを匂《にお》わせるのは憚《はばか》られる。だからと言ってオブラートに包んだ言葉選びをしたら、エリアスの心に響かない、わざわざ言う必要のない言葉になってしまう。

「なんだ。気になるじゃないか」

「ごめんなさい」

俺はうつむいて視線を避けた。

でもエリアスは頬杖《ほおづえ》をつき、ちょっとふざけたような上目遣いで俺をじっと見つめてくる。そのまま黙って、十秒、二十秒。

俺が降参するまで長期戦の構えだ。

そりゃあね、言おうとしていたのに中途半端に引っ込められたら気になるだろうけど。あもう、参ったな。そんなに見つめられたら困るよ。どんどん顔が熱くなる。まなざしが強すぎて気持ちを見透かされそう。うう、耐えられない。

俺は天井を見あげ、観念した。早口に一気に喋《しゃべ》る。

「あのですね。賢明な殿下に俺が言うようなことではないのですけれど、じつは昨夜、お告げのような夢を見まして。明日の戴冠式では接するものすべてに丁寧な対応をせよと。そうすれば御代《みよ》は末永く繁栄するであろうと。殿下はいついかなるときも万人に丁寧な対応をとられておりますから、そんなことをわざわざお知らせすることはないかと迷っていました」

俺は時々うっかり前世の記憶や知識でものを言ってしまうことがあって、その情報源を問われた時に、夢で見たと言い逃れてきたんだよね。だからエリアスは俺の夢見についてはけっこう信じている節がある。ということで今回も夢を理由にしてみたんだけど、どうかな。

恐る恐る様子を窺《うかが》う。すると彼は真顔で、

「夢か」

と言って姿勢を正した。

「ケイの夢は昔から当たる。わかった。心しておく」

気を悪くした様子はなさそうで、俺はほっとして頭をさげた。

はあ。嘘つくのって疲れる。

俺、前世ではあまり嘘をついたことがなかったんだ。前世の父親がくだらない虚栄心のためにくだらない嘘をつく人でさ、それがすごく嫌で、自分はそんな人間になりたくないって子供の頃から思っていて、正直に生きていた。嘘をつく必要のない人生って、いま思うとすごく楽で幸せなことだったんだな。

いまの俺は、嘘ばかりついている。ごまかしてばかりいる。前世の記憶があり、未来を知っていることを隠すために。

隠さず喋ってしまえばいいと思うかもしれないけれど、ちょっと想像してみてほしい。親友が急に、じつは自分は前世の記憶があるんだ、なんて言いだす場面を。そんなことを言われたら、どう思う？　まず、頭の心配をしないか？　こいつとはちょっと距離を置こうって思わないか？　もしそいつの予言が当たったりしたら、余計なんだか気味が悪い感じがして、それまでとおなじようにつきあえない気がしないか？

人によっていろんな反応があるだろうけれど、たぶん普通の人間関係を築くのは難しくなると思うんだ。

だから誰にも言えない。だけど俺、もともとそんなに頭がいいほうじゃないんだよ。だから黙っていたほうがいいことをうっかり喋っちゃったりするんだ。そしてさ、嘘って頭がよくなきゃ上手につけないものだろう。だから毎回ごまかすのに苦労する。夢で見たっていうのも、人によってはやっぱり気味悪く思う人もいるだろう。いまのところエリアスは拒否反応を見せていないけど、この手を乱発するのもよくないだろう。

未来を知っているっていうのも、人生楽なようでけっこう大変だ。

でも、そんな生活ももうすこしの辛抱かもしれない。

ゲームのエンディング後の世界については、俺は知らないから。この期間さえ乗り切れば、さほど嘘をつかずにすむ人生が待っているはず。

ともかくエリアス。どうか、明日はうまく対応してほしい。明日王宮に集うみんなのために。

二

戴冠式当日。

俺は緊張と不安のあまり前夜は夕食も喉を通らず、一睡もできず、その日を迎えた。

緊張して気持ちは昂《たかぶ》っているのに、寝不足で頭がぼんやりする。仕事に支障が出てはまずいので、普段は飲まないコーヒーを飲んで強制的に頭をしゃっきりさせてから王宮へむかった。

魔女、本当に来るのかな。

気が変わって来るのをやめるってことはないかな。

二十六年間この世界に住んでいて、魔法の気配を感じたことなんて一度もなかったんだけれど、魔女が存在することは確からしくて、地方に出没していたずらしたり金品を奪ったりしたという報告がたまにある。それって本当に魔女なのか、俺としてはちょっと疑わしく思っていて、じつは科学者の実験だとかただの泥棒だとか、なんらかの自然現象によるふしぎな出来事を魔女のせいだと言っているだけだとか、そんなところじゃないかと考えたりもしているんだけれども、でもこの世界の技術と俺の立場では確かめるすべもない。だから今日魔女と会い、その魔法を見られるならば、魔女と魔法の存在をついに確認できる瞬間になるわけで、そういう意味での興奮と緊張もあったりして、自分でもうまく説明できない精神状態だ。

王宮へ着くと、俺は執務室へ行って筆記用具を抱え、戴冠式が行われる三階の広間へむかった。

この広間は特別な儀式用の場所で、西洋の教会風の造りになっている。真ん中に通路があり、左右に客席、正面奥に祭壇がある。書記官の席は祭壇と客席の間の壁際。すでに半分以上の席が埋まっており、俺は知っている顔にあいさつしながら進んだ。

「あ！　ケイたんだ！」

「ケイにいちゃーん！」

かわいい声に呼ばれてそちらを見ると、姉と甥《おい》ふたりがすわっていた。三歳のナータンと二歳のドーグ。やや離れたところからきゃいきゃいはしゃぎながら俺にむかって両手をぶんぶん振っている。ふたりともかわいい盛りで、俺に懐いている。

俺が手を振り返すと、ナータンが駆けてきて俺に抱きついた。兄に続いてドーグも走りだしたが、途中でカエルのように無様な格好で転び顔面を打った。でも泣かずに立ちあがり、俺のすねにしがみついてきた。

「ケイたん、だっこ」

「どれ。ん、すこし大きくなったか?」

「ナータンもっ、ナータンもっ」

ふたり同時に抱えあげる腕力は俺にはないので、ひとりずつ交互に抱きあげてやっていると、ふたりを連れ戻しに姉がやってきた。

「ごめんなさいね、ケイ」

「ふたりも連れて来たんだ」

「ご招待いただいたし、せっかくの機会ですからね。騒ぐようだったらすぐに出ていけばいいってことだし。ほら、いけませんよ、ふたりとも。ケイはこれからお仕事なんだから」

遊んであげたいけれど、いまは時間も余裕もない。また今度遊ぼうと約束して彼らと別れ、書記官の机についた。

今日は部下のふたりと一緒に仕事をする。彼らと簡単に打ちあわせをしてから静かに待つうちに、俺はにわかに尿意を催した。いつもはこんな時間にトイレに行きたくなることなどないのに。たぶん、朝コーヒーを飲んだせいだ。いまのうちにトイレへ行っておくべきか。でもまもなく式がはじまる時間だ、と迷っているうちに広間は満席となり、エリアスが登場した。

今日のエリアスは金糸の刺繍《ししゅう》が施された白い上着にマントを羽織っており、マントを翻《ひるがえ》しながら颯爽《さっそう》と歩く姿はいつも以上に輝きに満ちていた。ほれぼれと見とれてしまい、仕事を忘れそうになる。

あ、いかんいかん。書かなきゃ。

エリアスは祭壇の中央まで来ると、祭壇にむかって古代語で祈りを捧げはじめた。火を灯《とも》し、酒を器に注ぐ。

この国の宗教は多神教で、儀式のスタイルは日本に近い印象がある。神官のトップは王であり、祭壇に置かれた王冠を誰かにかぶせてもらうことはない。王自ら手にとってかぶる。

粛々と儀式が進むにつれ、俺の尿意も切羽詰《せっぱつ》まってきた。うぬぬ、利尿作用め。こんな時に席を外すのは憚られるが、しかたがない。エリアスが王冠をかぶり、聖剣を手にするのを見届けると、俺は静かに席を立ち、壁際の通路からこっそり広間を出た。

トイレは一階にしかない。しかも北の端で遠い。急いで階段を降り、長い廊下を走り、どうにか無事に用を足してトイレを出た。

時間的に、戴冠式は終わってしまったかもしれない。仕事のほうは他の書記官がいるので問題ない。それよりも魔女は、と思ったとき、自分の身体がほのかに発光した。

「え？」

驚き、その場に立ちどまった直後、さらなる異変を身体に感じた。

手が、変化していた。動物の前足のように指が短くなり白い毛で覆われている。俺はそれを目にした瞬間、駆けだした。この廊下の突き当たりにある、毎朝目にする大きな姿鏡。その前に立った俺は、自分の姿を確認して軽くめまいを覚えた。

耳が、長く伸びている。

「……ウサギ……」

ウサギの耳だ。白い毛並み。手もウサギの前足だ。

俺はゆっくりとモフモフの手を伸ばし、鏡に触れた。ひんやりとした感触。耳が映っている辺りを撫《な》でる。それから恐る恐る、その手を自分の頭へ持っていき、実際の耳に触れてみた。

耳も手も、さわっている感触がたしかにある。

ゲームをしていたから、俺の耳と手がウサギになるのは事前にわかっていた。でも実際に変化した姿を見ると、平静ではいられない。呼吸が苦しく、手が震えてくる。

「きゃ！」

背後で悲鳴があがり振り返ると、メイドらしき女性が俺を見て震えていた。でもその女性の顔も、猫っぽい耳と鼻になっている。

魔女が、来たんだ。

俺は急いで三階の広間へむかった。

途中、あちこちで悲鳴が聞こえてくる。すれ違う人はすべて身体の一部が動物に変化していた。

広間に入ると、予想した通りの光景が広がっていた。混乱し、阿鼻叫喚《あびきょうかん》の人々。三百人ほどの参列者全員が獣人の姿に変わっていた。

うわあ……。

クマ、ネコ、ヒツジ、シカ。様々な動物が入り混じっている。身体が大きくなって服が破けている者、逆に小さくなって服の中に埋没している者。混乱をかいくぐるように進みながら、俺はあることに気づいた。

ごくまれに全身動物になっている人もいるけれど、ここにいる者の大半は、上半身がリアルな動物に変身している。腕は人間のままとかそうじゃないとか、細部の違いはあれど、大体似たような感じだ。

でも一階ですれ違った人たちはそうじゃなかった。俺もそうだけど、身体の一部が変化しただけで人間の原形をとどめていた。つまりこの広間にいる人たちのほうが重症で、広間から離れた場所にいた人のほうが軽症っぽい。

「ケイにいちゃん！」

足元からナータンの声が聞こえたと思ったら、小さな子パンダが二頭、転がるように脚にしがみついてきた。

「え。まさか、ナータン？　おまえ、ナータンなのかっ？」

二頭のうちのやや大きめのほうが泣きながら頷いた。

「そうだよう。ママがいなくなっちゃったよう」

ふたりとも全身リアルパンダで、人間のときよりも小柄になったらしく服がダボダボだ。リアルパンダだからナータンの面影《おもかげ》なんて一切ない。でも声はナータンの声だし、服も先ほどナータンが着ていたものだ。

小さいほうはドーグの声で言う。

「ママがいないの。でね、にいちゃまはパンダさんになっちゃったの。ぼくもそうなの？」

泣いてはいないが不安そうな声。

「おまえはドーグか」

「うん。ケイたんはそのおみみ、どうしたの？」

周囲を見まわすと、遠くに姉のドレスを着たパンダがいた。こちらへむかおうとしているようだが、混乱した人々に阻《はば》まれて進めないようだ。

「陛下はいずこか！」

斜め横からは父の声が。見れば、鯛《たい》の顔をした魚人がいた。

「ぎょぎょ」

とか言ってる場合じゃない。

なんと父は鯛になったらしい。

獣人だけでなく、魚人もいるのか。

いや、それよりも一刻も早くエリアスのところへ行かないと。もし魔女がまだいるなら交渉できないか。

走りたいけど状況に怯《おび》えてしがみつく子パンダを邪険にすることはできない。姉の元へ引き渡しに行くのも時間がかかりそうだ。幸いふたりとも小さく軽くなっていたので、俺は子パンダ二頭を両脇に抱えた。

「姉上！　ケイです！　子供たちは一緒にいます！」

姉に聞こえるように大声で叫んで、子パンダを連れて祭壇のほうへ走った。

「ケイ！　ケイ！　どこにいる！」

エリアスが俺を呼ぶ声が聞こえる。

祭壇に人はいない。その手前の集団の中だ。

「エリア――殿下――いや、陛下！」

人をかき分けていくと、中心にオオカミがいた。

黒というより銀色に近い毛並みのオオカミ。首周りが太くなったようでシャツがはだけている。下半身は人間だ。

先ほどかぶったはずの王冠はかぶっていないし、リアルオオカミの顔だが、俺にはわかる。

あれがエリアスだ。

「ケイ！　どこだ！　返事をしろ！」

「陛下！」

俺の声が届いたようで、エリアスがこちらをむいた。そして人をかき分けてそばまで来ると腕を伸ばし、俺の両肩を摑《つか》んだ。その手は以前よりも指がすこし太く短くなっている。

「ケイ。おまえは――」

彼の視線が俺の耳の辺りをさまよう。それ以上彼が言葉を紡《つむ》ぐより先に俺は問いただした。

「魔女は！　魔女はいますか！　なにを言われましたっ」

言いながら見まわすが、周囲にいるのは獣人ばかり。

「窓から飛んでいって姿を消しただろう。見ていなかったのか」

「席を外していました」

遅かったか。

魔女と話すことができたら、交渉次第でなにか違う可能性を見いだせるかもしれないと思ったんだけど、だめか。

俺はちょっと息をついて、彼を見あげた。

「なにを言われました。なんと答えました？」

「結婚を迫られたから、断った」

なんだそれ。

結婚話が出る仲どころか、俺の知る限り、エリアスは魔女と面識がないはずだけど。

「お知りあいでしたっけ」

「まさか。初対面だ。式の終わりに急に現れて、唐突に求婚された」

「ちゃんと丁寧に対応されました？」

「驚いたが、昨日ケイに言われた通り、丁寧に対応したぞ」

求婚に対してありがとうと謝意を伝え、戴冠式中だからすわっていてほしいとやんわりお願いしたそうな。でも魔女は即答を望んで詰め寄ってくるので、いまは考えられないですよと答えたら、衆目の前で恥をかかされたと魔女が怒りだし、魔法をかけたという。

「なんですかそれ……」

これはどう考えてもエリアスは悪くない。魔女がおかしいよなあ。なんなの。魔女に常識が通用するとは思わないけど、非常識にもほどがある。

いずれにせよ、魔法はかけられてしまった。

怒りと悲しみと、諦念と徒労感。それらが一気に押し寄せて身体に力が入らなくなり、小脇に抱えた子パンダたちをずるずると床に降ろした。

「どうしたそのパンダは」

「甥っ子です」

「そっちのパンダは」

「そっち？」

エリアスの視線が俺の後方へ投げられたので、振り返ると姉のドレスを着たパンダが駆けてきたところだった。

エリアスの周囲に集まっていたのは服装からして重臣たちのようだ。俺が姉に子パンダを引き渡しているあいだ、軍服に勲章をたくさんつけたワシがエリアスに話しかけていた。

「陛下！　陛下でございますな！　わたくしは国軍司令官レデントでございます。事態収拾のためのご指示を」

「レデントか。至急一個部隊を召集して魔女を捜索しろ。それから王宮内の状況を情報収集してくれ。混乱による暴動が起きないよう――」

周囲はいまだ混乱のさなかで、あちこちで鏡を求めたり人探しをする声が聞こえる。

「宰相はどこにいるんだ。誰かわかるか」

「あ、父なら鯛です」

「鯛を探せ」

みんな獣人に変わって誰が誰だかわからなくなっちゃったから大変そうだ。これは落ち着くまで時間がかかるだろうな。

子パンダたちは姉の姿に初めは戸惑っていたが、声を頼りに母と認識できたらしい。無事に子パンダを姉に引き渡すことができたあと、俺は仕事を思いだした。緊急事態だからこそ、記録しておかないと。と思って筆記用具をとりに行こうとして、アッと声をあげた。

立ちどまり、両手を見る。

そうだった。手がウサギになったから鉛筆を持てず、字が書けないんだった。わかっていたはずなのに忘れていた。俺も相当動揺している。こうなることを事前に知っていた俺でさえもこれなんだから、みんなの衝撃はとてつもないだろうな。

「ケイ、どこへ行く」

ふいにエリアスに引き寄せられた。

「記録しようと思ったんですけど、無理だと悟ってやめたところです」

俺はフカフカの毛で覆われた両手をあげてみせた。

「あと、部下の様子を確認しておこうかと」

「わかった。このあと話があるから、ここへ戻ってきてくれ」

「わかりました」

書記官たちの様子を見に行くと、書記の席にいたふたりはウマとシカに変わっていた。ふたりとも手は蹄《ひづめ》だ。非番の書記官たちも参列しており、彼らを探しだして確認すると四人が手を使えなくなっていた。

書記官七人も仕事ができなくなった。

文字を書けない書記官がいてもしかたがない。俺は上官なので、手が使えない者には帰宅するように言った。元に戻るまでしばらく来なくていいと。

手が無事なのはふたりだけ。これではとてもまわらない。

これで主人公がやってくるのは確定だ。主人公は文字を書くのが速いという理由で書記官代理に推薦され、田舎《いなか》の男爵《だんしゃく》家からやってくるんだ。

はあ。そうか……。

いや。もういいや。

考えてもしかたがない。覚悟を決めよう。

それから机に広げたままだった筆記用具を片付けようとしたが、これが少々苦労した。ウサギの手では物を摑めない。やや時間がかかったがどうにか胸に抱えて戻ると、エリアスは各官僚に指示をだし終えたところだった。

彼はそれから祭壇に上がり、広間に集う人々へ声をかけた。不安だろうが今後のことは追って連絡するので用のない者は帰宅するように。帰る際、扉前に立っている軍人に変化の詳細と名前を申告していくように、と。

すべき行動を示されると、人々は落ち着かない様子を見せつつも出口へむかって動きだした。

その様子を見届けると、エリアスは俺に、執務室へ行くと告げた。

話ってなんだろう。

エリアスの後について歩いていると、俺は途中で紙を落としてしまった。百枚ぐらいの紙束を胸に抱きしめていたら、中間部分が徐々にずり落ちて、三十枚ぐらいが廊下に散らばったんだ。急いで拾おうとしたんだけれど、俺には至難の業だった。

床に跪《ひざまず》き、持っていた紙と筆箱を散らばらないようにそっと置いてから、這《は》いつくばるようにして一枚を拾おうとしているうちに、エリアスがすべて回収してくれた。

さらに俺の筆箱や残りの紙もまとめて片手に持つと、

「行こう」

と、何事もなかったようにさらりと俺に声をかけて歩きだす。

「ごめんなさい。あの、荷物を」

王に書類を拾わせた上に荷物を運ばせるなんてさすがによろしくない。俺は慌てて手を伸ばすが、エリアスは返そうとしない。

「かまわない。その手では持ちにくいんだろう」

「そうですけど」

なおも俺が申しわけなさそうにしていると、エリアスが言った。

「俺とおまえは王と臣下である前に親友なんだろう。ならば頼れ。お互いこんな身体になったんだから、俺も助けを必要とすることがあるだろう。その時は遠慮なく頼むから」

この人はいつもこうなんだ。俺の気持ちに負担がかからないように言ってくれているのが伝わって、こんな状況だからこそ変わらない彼の態度が胸に染みる。

結局そのまま執務室まで運んでもらった。

「鍵はあるか」

エリアスが片手を差しだした。

「ええ」

頷いて、気づいた。とれないことに。

「でもあの……鍵はベストの内ポケットの中なんです」

上着もベストもしっかりボタンを留めている。困った顔で見あげると、エリアスが「だからどうした」という顔をした。ピンとこないらしい。それはそうとオオカミの顔でも表情ってわかるんだね。

「俺の手、ボタンを外せないし、摑みだせないんです」

「ああ、そういうことか。そうだった」

エリアスの手が俺の胸元に伸びた。てっきりボタンを外してくれるのかと思ったが、彼はボタンを外さず、ベストとブラウスの狭い隙間に手を差し込んだ。

「どちら側」

「右、いや、陛下から見ると左です」

ベストはオーダーメイドのぴったりフィットしたもので、ブラウスは薄い絹。だから彼の手のひらの密着度が半端ない。その温かさや感触に動揺しているうちに、指先が深く潜り込んできて、乳首の上を這った。さらにそこを撫で擦《こす》るように指の腹が往復する。

「……っ」

ベストの内ポケットの入り口を探しているだけなんだろうけど、思わず俺が身じろぎしたら、エリアスはそれに気づいて「あ、すまん」と手を引き抜いた。

「変なことをするつもりじゃなくて。ボタンを外す手間を省こうと思っただけだったんだが」

めずらしくちょっと焦った感じで言いわけしている。たぶん乳首にさわっちゃったことに気づいたんだろう。

エリアスは軽く咳払《せきばら》いをし、俺の上着とベストのボタンを片手で外しはじめた。

乳首をさわられたこともあり、なんだかエッチなことをされている感覚になってきてしまって、恥ずかしくて頬が熱くなる。ボタンを一つ外されるたびに、鼓動がせわしなくなる。

男ふたりで、廊下でなにやってるんだよもう……。

「どうして上着じゃなくベストの内ポケットなんだ」

「単純になくさないようにと……」

エリアスはボタンを外すと鍵をとりだし、扉の鍵を開けた。その鍵は自分の上着にしまい、室内へ入る。俺も後に続いて入室し、扉を閉めた。

彼は俺の荷物を机に置き、マントを壁に掛けると、再び俺の前に立ち、ベストのボタンを留めてくれた。

「あの、また脱げなくなるので、外したままで結構ですよ」

「開いたままでは気が散るだろう」

「俺はかまいませんよ」

「俺が、気が散るんだ——あ、いや」

エリアスは『俺が』を強調して言ったあと、変に言葉を濁した。なんでだろう。

「しかし。指を使えないとやっかいだな」

「本当ですね。服をひとりで脱ぎ着できないとは。仕事もできませんしフォークとナイフも持てない。俺の手はもうニンジンを押さえるか土を掘ることしかできなくなりました」

ゲーム上では仕事や食事が難しくなることは描かれていたからその辺は覚悟していたけれど、服のことは触れられていなかったから盲点だった。

ボタンも紐《ひも》もベルトも無理だろうな。マジックテープやゴム紐なんてないし。ブラウスは朝晩メイドに手伝ってもらうとしても、ズボンはどうしよう。トイレのたびに助けを呼ぶのもねえ、などと考えていると、ふいにエリアスに尋ねられた。

「こうなることをわかっていたのか」

内心ぎくりとして見あげると、深緑色のまなざしが探るように俺を見つめていた。

「魔女が来ることを、知っていたんじゃないのか。さっき俺にいろいろ尋ねてきたとき、そんな感じだったな」

たしかに動揺のあまり、そう思われてもおかしくない言動をしてしまった。あんな態度をとるのならば、初めから話しておくべきだった。

俺はオオカミになったエリアスの顔を窺った。

「責めるつもりじゃない。興味本位で訊いているだけだ」

静かな物言い。俺は後悔の念を抱きながら頭をさげた。

「申しわけございません。すべてを包み隠さずお伝えするべきでした。本当に来るかどうか、わからなかったものですから」

「やっぱり、お告げがあったのか」

エリアスが納得したように息をついた。

「だからこのところ、憂いた様子だったんだな。まったくおまえってやつは」

彼の手が、俺の肩にそっと置かれた。

「いつも言っているだろう。そういうときはひとりで抱え込まず、俺に言えと。妙な夢を見たからって、俺は怒ったりしない。負担だなんて思わない。ケイと一緒に考えたいんだって」

額に優しい視線を感じる。

なぜ言わなかったんだと責められるかもしれないと思ったけれど、エリアスはやっぱりエリアスだった。人を責めることをしない。すべてを俯瞰《ふかん》で見ていて、ひたすら冷静で優しい。

俺はゆっくりと顔を上げた。

「ありがとうございます」

彼は軽く頷き、おもむろに自分の机のほうへ歩きだした。

「ところで、今日はマカロンが出てこないんだな」

俺は意表を突かれて目を丸くした。マカロンって、ペットの名前や特殊な暗号じゃなく、菓子のマカロンのことだ。

「いま、この状況でそれを訊かれるとは思いませんでした。陛下、余裕ですね」

「逆だ。余裕がないから平常心を保とうと頭が働く。いつものことを確認して安心したい」

椅子《いす》に深くすわってため息を漏らすエリアスに、俺は言った。

「今日は渡す機会がないと思い、用意しておりませんでした。明日にでも」

「そうか。いや、落ち着いてからでいい。というか、要求するつもりじゃなかったんだ。すまない。ないならないでかまわない」

「いいえ。後日、必ず調達してまいります」

いつものこと。そう、いつものことで、なおかつ俺たちにとっては大事なことだ。

彼はひと息つき、机の引きだしから手鏡をとりだすと、自分の顔を険しい表情で眺めだした。

「しかしひどいな。完全にケダモノだ……ケイはかわいげがあるのにな……」

不服そうにぶつぶつ言っている。俺としては、格好いいなあという感想しかないんだけれどな。ゲームで見慣れているせいもあるだろうけど、人間の姿でもオオカミの姿でも、エリアスは男前だ。

「この状況、どうしたものかな……」

エリアスが鏡から目をあげ、険しい顔のまま俺を見た。

「どう思う。これ」

「これ、とは」

「俺はオオカミ。おまえはウサギだな」

「ええ」

深緑の瞳が探るようにじっと見る。

「怖くないか。俺のこと」

なにを訊くのかと思えば。

「それはまったくありません」

「でもウサギだろう。オオカミが怖くないか」

俺は笑って「しつこいですよ」と言ってやった。

「む」

「怖くないですよ。中身は陛下だとわかっていますし、陛下の姿に違和感はまったく覚えません。以前と変わらぬ感じすらしますよ」

「ならいいんだが。いや、いいのか？」

エリアスが再び鏡に目を落としたとき、部屋の扉がノックされた。やってきたのは上半身が大きなクマ。服は破れてしまったのか、上半身裸だ。クマの被毛で覆われているから裸でもはれんちさは感じない。

「陛下。近衛《このえ》隊長のラルフです。近衛隊員の状況調査を終えましたのでご報告申しあげます」

近衛隊長のラルフか。ラルフは俺の幼なじみのひとりで、攻略対象でもある。二十八歳で、元の姿は勇ましいイケメン。

俺は邪魔にならないよう部屋の隅にある自分の机についた。

いままでだったら記録をはじめる場面だけど、書けないし、どうしたらいいかな。

無理だとわかりつつも短い指と指の間に鉛筆を挟もうとしてみて、やっぱり無理だとわかって五秒で諦めた。

誰か文字の書ける暇そうな人を探してくるべきか。しかしうっかり適任を見つけてしまったら今後主人公の出る幕がなくて、それはそれで困る。でも書記官代理を見つけるのは俺の責務か。いちおう俺、書記官長なんだよね。あ、もしかして、主人公って俺の伝手《つて》で王宮へやってくるのかな。

いちおう王宮内の各方面に、書記のできる者がいないか問いあわせてみよう。伝達係の侍従に依頼する。

それから今後のことを考えていると、またもや身体に異変を感じた。

いや。正直に言うと、じつは最前からずっと感じていた。

なにかと言うと、その……性欲を。

先ほど乳首をさわられた時にスイッチが入ってしまったのか、あのときからずっと、うっすらと腰の奥に澱《よど》むものがあって、でも時間が経《た》てば落ち着くだろうと思って気にしないようにしていたんだ。それがなぜか、落ち着くどころか徐々に肥大してきて、いまではうろたえるぐらい身体の熱が昂ってしまっている。

なんで。どうなっているんだ。

ずっとエロいことを考えていたというならまだしも、いまはそうじゃない。なのに、なんで。熱を吐きだしたい欲求は、唐突に爆発的に膨れあがり、あっという間に耐えられないものになっていた。

やばい。まずい。

やり過ごすことなど到底できそうにない。

わけがわからないが、これはどうにかしなきゃまずい事態にまで陥っている。どこかで自己処理するしかない。

幸い俺はいま、どうしてもここにいなきゃいけない人材ではないのだし、席を外してもいいだろう。

俺はやや前かがみになりながら席を立った。

「どうしたケイ」

俺の様子に、エリアスが目ざとく気づいた。

「あ、いえ。書庫へ行ってまいります。ここにいても仕事ができませんから、書類の整理をしてこようと思いまして」

堂々と抜いてきますなんて言う度胸は俺にはない。

不審に思われたくなくて精いっぱい姿勢を正して笑顔を浮かべ、部屋を出ようとした。が、エリアスは許してくれなかった。

「やめておけ、具合が悪そうだ」

「べつにどこも悪くありませんけれど」

「下手な嘘をつくな。隣室で休んでいろ」

性欲がひどいだけなのに心配されるのはなんだか後ろめたい気分だ。でももう、なんでもいいや。どこでもいいから処理したい。

「では……お言葉に甘えてそういたします」

俺は部屋を出ると、よろよろと隣室へ移動した。そこは王の休憩室で、床には深緑のじゅうたんが敷かれ、大きめの長椅子がある。

俺は長椅子の手前の床に跪くと、ズボンの前を開けようとした。

しかし。

「……あああ」

ズボンはベルトが締められている。なんてこった。どうにかしないと。

俺はベルトを両手で挟み、外しにとりかかった。もう必死だ。ズボンの前を汚したら恥ずかしい。

幸か不幸か昨日からほとんど食事をとっていなかったため、腰まわりが緩い。おかげでさほど苦労せず外れた。あとはズボンと下着を引きおろし、硬く勃起したものを両手で挟んだ。

でも、上手《うま》くできない。ウサギの手のひらには肉球ってないんだな。全部毛で覆われていて、それはそれで気持ちいいんだけど、普段の手と違って摑めないから、うまいこと快感を引きだすことができない。

「……なんで、こんなことに……っ」

格闘しているうちにますます身体は熱くなり、出口を求めて頭がおかしくなりそうだ。

うまくいかないのは手の変化だけでなく、この場所に緊張して集中できないのかもしれない。王宮内で、しかも隣室にはエリアスがいる。俺は目を瞑《つぶ》り、下腹部に神経を集中させた。

どれほどそうしていたか。ひたすら励み、漠然と希望の光が見えたような気がしかけた時、ふいに背後の床がきしむ音がした。

瞬間、我に返った。振り返ると、そこにはエリアスが立っていた。入り口から一歩入った場所で、驚いた様子で俺の姿を凝視している。

「……っ」

俺はもう声も出ない。時がとまったように身体が固まって動かない。

エリアスは俺のはだけた腰に視線をくぎづけにしたまま、かすれた声でぎこちなく言う。

「なにか手助けは必要かと思って、様子を見に来たんだが……」

うん、そこにいる理由はわかった。しかしエリアス、なぜノックをしない？

きっとこの男のことだから俺が寝ていたら起こしちゃ悪いとか思ってあえて静かに入って来たんだろうけれどもその優しさがいまはもうあああ……！

エリアスの声を合図に俺の身体は動き、さりげなく股間を隠した。いまさらだけど。

「い、いや、その、これは。これにはわけが……っ」

わけってなんだ、わけって。

自分でもわけがわからないのにどんなわけを言うつもりだよ俺。羞恥《しゅうち》と動揺で脳みそをグラグラさせながら必死に言いわけを探す。

「あの、その、俺、ウサギになっちゃったでしょう。たぶんきっとそのせいで。ほら、ウサギって性欲半端ないっていうし」

情けないが言いながら俺は半べそだ。こんな場面をエリアスに見られて、恥ずかしくていますぐ死にたい。

「そうだな」

俺のめちゃくちゃな言いわけを肯定しつつも、エリアスは出て行ってくれない。

「あの、だから、ちょっと放っておいてもらえると」

「だが……ひとりで、できるか。その手で」

俺は黙った。

するとエリアスは押し殺したような低い声で躊躇《ちゅうちょ》なく言った。

「手伝ってやる」

「へ？」

彼は扉に鍵をかけると、意志を感じる足取りで俺の元へ歩いてきた。そして慌てる俺の向かいに跪く。

「手伝うって、あの、いや、ラルフ隊長はっ？」

「もう帰った」

彼の右手が遠慮なく俺の雄を握った。やんわりと包み込むようにして、撫でさすりはじめる。

心臓が口から飛び出そうになった。

「ちょ、待っ……」

エリアスに触られるなんてと心の中では絶叫があがったが、それと同時に尋常でない快感にめまいを覚えた。

彼の手は獣人になってすこし変化している。指は太くやや短めで、爪《つめ》は人間のままだ。ご

つごつした武骨な手から送られる刺激は、俺には未知の快感だった。すぐさま腰が蕩《とろ》け、熱が頂点に迫る。

エリアスに触られ、見られていると思うと恥ずかしくてたまらないのに気持ちよくて興奮して、もう、思考はぐちゃぐちゃだ。

「……っ、……」

息が上がり、無意識に目の前の広い胸に縋《すが》りついた。彼の左腕が俺の背にまわされ、膝立ちの格好で抱きあうようにして高みへ昇りつめる。

「あ……、もう……っ」

限界を告げようと切羽詰まった声をだした時、彼の喉がごくりと動き、唾《つば》を飲み込む音が聞こえた。手の動きが速まる。

自分の手ではあれほど時間がかかったというのに、エリアスの手にかかったら、あっけないほど簡単に解放が訪れた。

「……っ！」

欲望を吐きだした俺は、荒い息をつきながらエリアスの胸に頬を預けた。上から彼の視線を感じる。

達《い》った顔を見られてしまったなとか、エリアスの手を汚してしまったなとか、王になんてことをさせてるんだ俺とか、雑多なことが頭を巡る。思考が落ち着いてきたのを感じ、これでこのまま身体も静まるのだと思ったのだが、なぜか、すっきりしない。それどころか熱が再び溜《た》まりはじめている感覚があった。

戸惑って己の下腹部を見下ろすと、そこは再び力を取り戻していた。

俺、そんなに性欲が強いほうじゃなかったはずなのに。どうして。

「なんで……」

「まだ、足りないか」

訊かないでほしい。羞恥で顔が赤くなる。涙が滲《にじ》む。

「なんで。こんなの、おかしい」

「ウサギだからと自分で言っていただろう。そんなに恥ずかしがらなくていい」

俺の残滓《ざんし》を受けとめた彼の右手が、俺の背後にまわって尻のすぼまりに触れた。

「え」

驚く俺の中に、濡《ぬ》れた指先が入ってくる。

とっさに逃げようとしたが、もう一方の腕で抱きしめられていてかなわない。指は遠慮なく、しかしゆっくりと奥に進んでくる。

「や、エリアス、なにして……っ」

「力を抜いて。怖がらなくていい。もっとよくしてやるだけだから」

怖がらなくていいって、なに。よくしてやるって、なに。

エリアスが、俺の中に指を挿《い》れるなんて。

驚きと衝撃で思考が停止する。

「な、なんで……、え、あっ……」

指が俺の中を探るように抜き差しをする。前立腺なんだろうか、とあるポイントを擦《こす》られると、そこから震えるような快感が生じ、腰の力が抜けた。すかさず二本目が入ってくる。太くなった彼の指が、濡れた音を立てながら入り口を広げるような動きをする。異物感はすごいが、俺の体液で濡らされているから痛みはない。後ろをこんな風に弄《いじ》られたことなど初めてだった。もちろん自分でやったこともない。それなのにものすごく感じている。前を弄られてもいないのに、このまま達けそうなほどに。

「……っ、……」

興奮した顔を見られている気がして、恥ずかしくて目の前の胸に顔を埋《うず》めた。彼の心臓が俺に負けないほど速く激しく脈打っているのが聞こえてくる。

抜き差しをされているところが快感で熱く痺《しび》れて、内股《うちまた》が震えだす。これ以上、膝立ちを続けるのは限界だった。

「エリアス……、これ、もう……立ってられな、い……」

訴えたら急に指が引き抜かれた。物足りなさに入り口がひくつく。

「あ、まだ……」

「……ケイ。続きは俺がしても、いいか」

かすれた声で確認された。快感に浸った頭は意味を把握できず、ぼんやりした。

「後ろをむいて」

「後ろ……？」

言われるままにむきを変えると、目の前には長椅子がある。その座面に上体をうつ伏せるような体勢をとらされた。膝は床に突いたまま、大きく開かされる。

背後でベルトを外す音が聞こえ、ようやく俺はエリアスの意図に気づいた。まさか、と首を捻《ひね》って振り返るのと同時に腰を掴まれ、入り口に熱い猛《たけ》りをあてがわれた。

「え……、うそ……」

エリアスのものが、ヌグッと俺の中に押し入ってきた。それは熱くて硬くて、指とは比べ物にならないほど太かったが、俺の入り口は従順に広がって迎え入れ、柔らかく呑《の》み込んでいく。俺は長椅子に顔を押しつけ、浅い呼吸を繰り返した。

エリアスが、入ってくる、エリアスが。エリアスが。そればかりが頭の中をぐるぐるまわる。

俺の受け入れるペースにあわせて、エリアスはゆっくりと腰を押し進めてくる。圧迫感が奥まで到達し、俺の尻に彼の下腹部が密着した。

俺の中で、エリアスの猛りがどくどくと脈打っている。それを感じながらも、信じられなかった。俺とエリアスが繋《つな》がっているなんて。

「エリアス、なんで」

俺の疑問には答えず、エリアスが腰を引いた。中に埋まっていた猛りが引きながら粘膜を擦りあげていく。半分ほど引いたところで、また埋め込まれる。

ゆっくりとした抜き差しがはじまり、とたんに電流のように快感が流れだした。

「あぁ……ん、ん……っ」

なぜエリアスは俺を抱くのか。どうしてこんなことになっているのか。そんな疑問は瞬《また》く間に追いやられ、身体中が快感に支配される。

エリアスに擦られているそこが、熱くて気持ちよくてたまらない。前を刺激されるのとはまったく違う快感に俺は夢中になった。

次第にエリアスの動きが速くなる。それと共に快感が増していく。達きそうになり、俺は両手で己のものを擦った。それに気づいたエリアスが上体を覆いかぶせるようにして俺のそれを握り、刺激を加えた。もちろん後ろの注挿《ちゅうそう》は続いている。前からも後ろからも連動して快感を与えられ、俺は我を忘れて嬌声《きょうせい》をあげた。

「あっ、あっ、……！」

「……っ、……」

彼の荒く興奮した息遣いが背中に伝わり、それさえも甘い刺激になる。

「ケイ……」

俺の名を呼ぶかすれた声。それを耳にしたら、身体中を駆け巡っていた熱が一気に下腹部に集中し、爆発した。

「――っ!」

身体を震わせながら達すると、繋がっている部分もひくひくと収縮した。その刺激にエリアスが小さく呻《うめ》き、俺の中から猛りを引き抜くと、自分の手のひらに熱を放った。

ぬくもりが離れ、徐々に身体の熱も引いてくる。

俺、エリアスに抱かれた、のか……。

その事実にまざまざと思い至る。欲情が落ち着き、代わりに戸惑いが戻っていた。

エリアスは汚れた手をハンカチで拭きながら呼吸を整え、それから俺のウサ耳に触れた。

「もう、だいじょうぶか」

俺は無言で頷いた。

彼はそれを確認するとベルトを締め、俺の身体も拭いて着衣を整えてくれた。

「今日はこのままここで休むといい」

エリアスは俺を長椅子に寝かせると、その横に跪いて俺を見つめた。

しばらくそばにいてくれるつもりだったのかもしれない。でも扉のむこうから侍従が呼ぶ声がして立ちあがった。

「エリアス」

執務室へ戻ろうとする彼を、俺はとっさに呼びとめた。オオカミの顔をした彼を見つめる。

「あの、助けてくれてありがとう。助かりました。でも、どうして、俺を……その……、あそこまで……手伝うというか……」

いくら親友が困っているからと言って、普通、あそこまでしないような気がするんだけど……。手を貸すぐらいはあるかもしれないけど……。

「それは――」

エリアスは言いよどむように視線を揺らし、やがてぼそぼそと言った。

「おまえがウサギになったように、俺もオオカミになったせいかな……。理性が利かなかったというか……」

横をむき、どこか言いわけのような口調でそう言って出て行った。

エリアスもよくわからないってことかな。

俺もウサギになったからとか言っちゃったけど、本当のところはよくわからないし。

あまり深く考えても無駄のようだ。

というか、深く考えることができなかった。昨夜からの寝不足や今日の度重なるトラブルでキャパオーバーだ。

それにしても、セックスしたの初めてだったんだよな。

こんな感じなんだな……。

死ぬかと思うほど恥ずかしくて興奮して、自分で処理するよりはるかに気持ちよかった、けど……。

俺、前世でもしたことがなかったんだ。あのゲームに出会ったのが十五の時。以来エリアスに恋して、現実の誰かによそ見することもなく童貞のまま二十歳《はたち》の時に急性アルコール中毒で死んだから。生まれ変わったいまもエリアス一筋で、たとえ遊びでも他の誰かとする気になれなくて、このまま行くと妖精になれるかもと思っていたんだけれど。

こんな風に童貞とおさらばする日が来るとは、夢にも思わなかった。

しかも相手はエリアスで。

災難に乗じてわけもわからずって感じの初体験で、相手がエリアスでよかったと素直に喜べない状況だ。

本当になんでこんなことになったのかな……。

なんだかどっと疲労感が押し寄せてきて、俺はもう帰って寝ることにした。

帰路、馬車の中から外を眺めてみると、街の人々は獣人になっていなかった。魔女がいた王宮内しか魔法はかかっていないらしい。

噂《うわさ》はまだ広まっていないらしく、帰宅したら、家のメイドや執事は俺の姿を見て目を丸くした。そして続いて帰ってきた父を見たら卒倒した。

俺の姿は原形をとどめているから、まだ本人だとわかってもらえる。でも上半身リアル動物に変身してしまった人は、元の面影がないから家族に不審がられるだろうな。本人だと認めてもらうまで大変かもしれない。心配になったので姉の家へ様子を見に行ったら姉の夫も変身していて、案の定大騒ぎになっていた。俺が事情を説明すると、家の人たちは姉たちを本人だと信じてくれた。そのあと他の親戚や知人、部下の家も説明してまわり、ついでに書記官代理が務まりそうな人材を至急紹介してほしいと頼んで、再び帰宅したのは深夜になっていた。

倒れ込むようにして眠った翌朝、メイドに着替えを手伝ってもらい、俺の手でも食べられる食事の用意を頼んだ。

普段朝食はとらないんだけど、昨日は帰宅後にクッキーを食べただけだからさすがに腹が減っている。

出てきたのはおにぎり。ここには海苔《のり》はないけれど米はあるんだ。具の入っていない塩むすびはほんのり温かく、胃に優しい。食べたら落ち着いた。でも手のひらの毛並みがべたべたになった。毛も食べちゃったかもな。

この手ではいったいなにを食べられるのかと悩みながら王宮へむかった。

いつも通り執務室へ行くと、部屋の前には近衛隊の服を着たウサギが立っていた。王太子の頃よりも警備が厳重だ。エリアスはすでに仕事をはじめていて、官僚の報告を聞いていた。

王冠やマントは特別な儀式のときしか着用しないので、服装は一昨日《おととい》までと変わらない。仕事ぶりも同様。ただ、姿がオオカミになっているけれど。

その姿を見たら、改めて昨日のあれやこれやがまざまざと思いだされて顔が熱くなった。

俺、あの人に抱かれたんだな……。

恥ずかしすぎるのでできるだけ忘れようとしていたんだけれど、さすがに本人を目の前にしたら思いださずにいられない。

いったいどんな顔をして声をかければいいんだ。

他者の目もあるし、いつも通りに振舞うべきなんだろうけど……。

もじもじしていると、こちらに気づいたエリアスが顔をむけた。

「おはよう、ケイ」

淡々とそれだけ言って、官僚の報告に質問を返している。

あれ、それだけなんだと、肩透かしを食らった気分だった。

エリアスは俺との行為のことを、さほど気にしていないのかな……。

まあ、王としてはこの非常事態で、それどころじゃないだろうしな……。

俺も気持ちを切り替えないと。

昨日俺はさっさと帰っちゃったけど、きっとエリアスはあのあとも遅くまで働いていたんだろうな。服は着替えているけれど、疲れた顔をしている。

心配しつつも邪魔しないように様子を窺っていると、俺のところにも伝達が来た。王宮内で書記官代理を募集した件は全滅だった。どこも人手不足らしい。それから伝達係の侍従が続ける。

「ケイ様。本日これから陛下は大臣の皆様と臨時会議に予定変更となりました」

それを聞き、俺は近衛隊の詰め所へむかった。

室内には十人ぐらいいて、その大半がウサギだった。上半身リアルウサギや、俺ぐらいの変身レベルと様々だけど、とにかくウサギ以外なのは隊長のラルフだけだ。

なぜそうなったか知らないが、わかりやすくて便利かもしれない。そんなことを思いつつ、俺はラルフに頼んで書記ができそうな近衛隊員をひとり借りることにした。武官でもいい。文字が書ければ充分だ。

書記官は仕事ができる者がふたりいたが、彼らには司法大臣のところへ行ってもらっている。一言一句の正確さが求められるあの部署はふたりでも足りない。会議にはそのふたりのうちひとりに出てもらえばいいとして、俺の日常業務の補佐がほしい。

サイズの大きな隊服を調達したらしく、今日のラルフはきちんと服を着ていた。

「こちらも人員が不足しているから、長いことは貸せないけれども」

「わかってる。一週間の約束で、お借りするよ」

主人公が来るまでのあいだだ。いつ頃主人公が来るのか明確にはわからないけれど、たぶん長く待つことはないだろう。

比較的字が綺麗《きれい》で速く書けるという隊員をひとり拝借することを約束し、部下に声をかけて二階の会議室に入った。俺は書けないけど会議内容を聞いておきたいし、部下を手助けする場面もあるかもしれないから。

そうして会議がはじまり四十分も経った頃だろうか。俺は覚えのある疼きを下腹部に感じていた。

初めは、まさかと思った。でも十分、二十分と経過するに従い欲望はじわじわと膨れ上がり、一時間を経過する頃には我慢できなくなっていた。

腰が熱く、疼いてしかたがない。

まただ。いったいどうして。

昨日したのに、もうしたくなるなんて。それもこんな明るい時間の仕事中に。

こんなときにどうしよう。

「書記官長。ケイ様。どうしました」

俺が黙って俯《うつむ》いてしまったから、隣にすわる部下が心配してきた。

「いや……ちょっと」

さりげなく前を押さえながら前のめりになる俺。我慢しすぎて脂汗《あぶらあせ》が額に滲んできた。

来るんじゃなかった。退席するしかない。でもこれ、歩けるか？

「どこか、具合が悪いのですか。だいじょうぶですか」

会議室の端のほうでコソコソやっていると、ふいにエリアスの声が室内に響いた。

「いったん休憩にする」

顔をあげると、立ちあがるエリアスと目があった。

これは、気づかれたかな。

王の席と俺の席まで三メートルほどの距離。エリアスは速やかに歩いてくると俺の腕を掴んだ。

「行くぞ」

脚にうまく力が入らず、ふらつきながら立ちあがろうとしたら、エリアスに抱えあげられた。

「陛下。わたくしが」

近衛隊員が代わろうと腕を伸ばしてきたが、エリアスはそれを断り、俺を両腕に抱えたまま会議室を出た。後ろには近衛隊員が二名、すこし離れてついてきている。

「陛下、あの、降ろしてください。重いですから」

「いや。それが軽いんだ。獣の身体になったせいか、肉体を使うことはまったく苦じゃない。それよりも」

深緑の瞳がちらりと見下ろしてきた。

「また、なんだろう」

指摘され、俺は赤面した。

うう。性欲を我慢できないなんて人には知られたくないことを、よりによって好きな人に知られる恥ずかしさよ。それも二度目だよ。もうやだよ。いくらでも死ねる気分だ。

エリアスは階段をあがり、三階の廊下を奥へと突き進んでいった。最奥の突き当たりはエリアスの居室になっている。その扉の前に近衛隊を待機させると俺を連れて室内へ入る。まずリビングがあり、そこを通過してさらに奥へと続く扉を開ける。その部屋がなにか、幼い頃からつきあいのある俺は知っている。

寝室だ。

エリアスは俺を天蓋《てんがい》つきの広いベッドの上に降ろすや否や、俺の上着のボタンを外しにかかる。

「あ、あの、あのっ」

俺は慌てて彼の手をとめた。

「どうした」

「ま、まさかと思いますが、また、その、俺を……抱く、というか、手伝うつもりですか……？」

「この状況で、それ以外になにがある」

うわあ、やっぱりそうなのか……！

昨日の死ぬほど恥ずかしい思いや激しい快感やらが頭の中でぐるぐるまわり、動揺する。

寝室へ来たということは、やっぱり、今日も最後まで抱くつもりってこと、だよね……？

どど、どうしよう。

もちろんそうしてもらえることはありがたいし、助かるけれども……！

でも今日もだなんて、まだ覚悟ができてないんです……っ！

「その、だいじょうぶですから俺にはかまわず会議を続けてください」

この期《ご》に及んでと我ながら思うし、とてもだいじょうぶじゃないけれど、あまりにも申しわけないじゃないか。昨日エリアスは俺を抱いた理由をはっきり言わなかったけれど、俺みたいにとんでもなく発情してどうしようもなくって感じじゃなさそうだった。それなのにまた手伝わせるなんて。なにより恥ずかしいし恥ずかしいし恥ずかしい。

エリアスは無言で俺の股間を握った。

「っ！」

声にならない声が出た。

「どこがだいじょうぶなんだ。とてもそうは見えない」

うう。その通りだけれども。

「こちらのことならだいじょうぶだから気にするな」

エリアスは俺の上に馬乗りになると、俺の上着、ベスト、ブラウスのボタンをすべて外し、ズボンと下着も緩めた。それから膝立ちで自分の上着を脱ぎだし、ベストもブラウスも脱ぎ捨てた。

オオカミの毛は胸の辺りまで生えており、腹部は人間の肌だった。腕も肘《ひじ》までオオカミの毛。胸や肩まわりがすこし大きくなっている感じだ。元のままの腹部は筋肉で引き締まっており、その逞《たくま》しさに俺は見とれ、欲情した。

エリアスも脱いだということは、やはりどう考えても、しっかり俺を抱くつもりだよね……。

昨日の情事を思いだし、身体が興奮する。

下腹部が熱い。痛いほど脈打ち、屹立《きつりつ》しているのを自覚する。

「ケイ……」

いつもより色っぽい声で囁《ささや》くように呼ばれる。なぜかわからないが彼も欲情しているのかもしれない。どこか熱っぽいまなざしが近づいてきた。

オオカミの口が俺の口に近づき、しかし触れる前にピタリととまった。そして下のほうへ降り、首筋を舐《な》める。

なめらかな舌の感触に、ぞくりと肌が粟立《あわだ》った。

彼の手のひらが俺の胸元に触れ、感触を確かめるように優しく撫でる。そして指の腹で胸の突起を擦ると、もう一方の突起を舐めた。

「あ、……っ！」

じれったいような快感を与えられ、俺は我慢できずに腰をくねらせた。

「そういうのは、いいですから……っ」

「そうか？　ここ、いやか」

エリアスは乳首から舌と手を離した。

「いやと言うか、でも、その、会議が。陛下の仕事が……お忙しいのですから」

暇ではないのだから、ササッと終わらせたほうがいいんじゃないか。

「もうあの会議は再開しなくていい。状況報告は聞いたし、打開策があの場で出るとも思えない。人々を落ち着かせたり、人員配置の見直しなどの細かなことはすでに指示しているしな。いま、俺がすることはない。だから気にするな」

言いながらエリアスはゆっくりと俺の靴を脱がせ、ズボンと下着も脱がせる。

どうやら時間をかけて愛撫《あいぶ》してくれるつもりらしい。しかしいま俺の中では、とても強大かつ明確な、切迫した欲望が出口を求めて暴れている。これをいますぐどうにかしてほしい。こうして話しているあいだも服がこすれる感触や、彼の手が肌にさわる感触にいちいち感じてしまい、でもその程度の刺激では当然満足できなくて俺は半べそになった。

「あの。ごめんなさい。とにかく早く達きたくて……我慢できなくて……っ、お、お願いします……」

こんな恥ずかしいことを自分からねだるなんて顔から火が出る。エリアスが俺の雄を握った。

「じゃあ、一度達っておくか。そのあと、じっくりつきあってやる。足りなければ何度でも」

「……っ、ぁ……」

宣言通り俺はその日、昼過ぎまでじっくり時間をかけて抱かれた。何度も貫かれ、達かされた。

それなのに、夕方にはまた欲情してきてしまった。

こんなの、異常すぎる。どう考えても変身の影響なのは間違いない。でもそんな話、聞いてないんですけど。

ゲームではそんな説明なかった。

攻略対象の男がいつも発情しているなんて、乙女ゲームとしておかしいだろ。

でも待て。

俺、持病なんてないし健康そのものなんだけど、ゲームでの俺は病弱という設定だった。たまに蹲《うずくま》ったりしていて、それを主人公が心配するシーンがあったな。

あれってもしかして。病弱というのは言いわけで、じつは性欲が辛《つら》かったってことなんだろうか。

そうか……。そういうことなのか……?

ともかく夕方欲情しているのもエリアスにばれた。そして抱かれた後に提案された。提案というかほぼ命令だ。今後朝晩、発情していなくてもエリアスの部屋へ行き、抱かれること。朝晩抜いておけば、とりあえず日中仕事をしているあいだは持つんじゃないかという理屈で。俺としては助かるけれども、つきあわせるエリアスに申しわけなさすぎる。それに俺はこれから来る主人公とエリアスをくっつけなきゃいけないのに。その相手となにしてるんだよって感じだけど、他の誰にもこんなこと知られたくないし、エリアス以外手伝われたくもない。俺はその提案を受け入れるしかない。

そうして三日が過ぎたある日、俺の元へ連絡が来た。

書記官代理になれそうな娘がいると。

三

正式に依頼の手紙を送ったり、準備を待つ時間があり、主人公が王宮へ来たのは戴冠式からちょうど一週間後の午後だった。

他の部署でも人員交代などの対処を進めていて、王宮内はだいぶ秩序が戻ってきている。ゲームがスタートする時期としては、これ以上ないベストなタイミングだろう。

二階の客室へ入ったという知らせを受け、俺はすこし時間をおいてから迎えに行った。

扉をノックすると返事があり、中へ入ると、小柄な令嬢が緊張した面持ちで立っていた。

「初めまして。書記官長のケイ・カリスェ・カルネルスです。このたびは無理なお願いを引き受けてくださって、本当にありがとう」

宮廷人らしく優雅に一礼すると、彼女は頰を染め、ぎくしゃくとお辞儀をした。

「は、初めまして。リナ・オーベリソンと言います。どうぞよろしくお願いします」

主人公は十八歳の、田舎の男爵家令嬢。俺の遠縁の知人の娘だ。

ちなみにこの国の貴族には準男爵や騎士という爵位はないので、男爵が最下級になる。

ゲームでは主人公の顔が出てこなかったから初めて見るんだけれど、とてもかわいらしい雰囲気の子だった。都会で遊び慣れているあか抜けた令嬢たちとは違い、素朴で初々《ういうい》しい感じがする。

この子の視点で何度もゲームをしていたから、初対面からすでに親近感が湧くというか、初対面の気がしない。

「リナ嬢。リナと呼んでもいいかな。もう荷解《ほど》きはすんだ？」

「は、はい」

「遠くから来てもらって疲れているところを悪いけど、早速仕事をしてもらってもいいかな」

俺は彼女を連れて執務室へむかった。

「聞いていたと思うけれど、王宮に来て驚いたでしょう。みんな獣人になっていて」

「ええ」

「俺もこんな手になっちゃったから、仕事ができなくて。本当にね、来てもらって助かるよ」

「お役に立てるかどうかわかりませんが、精いっぱい頑張らせていただきます」

「うん。まあ気楽にね」

リラックスしてもらうつもりでにこりと笑って見せると、リナは湯気が出そうなほど真っ赤になって俺の顔に見とれていた。

なるほど、こんな感じの子か。考えていることがわかりやすいな。

でも俺なんかを見て顔を赤くしてちゃいかんよ。これからもっとすごいイケメンを見ることになるんだから――って、そうだ。みんな獣人になっちゃったから見られないんだった。

でもエリアスはオオカミになってもイケメンだし性格も男気があって優しいからだいじょうぶ。きっとすぐに好きになる。

執務室に入り、俺はすぐに彼女をエリアスに紹介した。

「よろしくお願いいたします」

「ああ、よろしく」

エリアスはいつもよりそっけない感じで、リナのほうは明らかに怯えていた。あれ。ゲームでもこんな感じだったかな。いや、でも、最初はこんな感じだったかもな。

俺は気をとり直してリナに仕事の資料を渡した。

速記文字一覧だ。

「これはいったいなんですか？　暗号？」

「はは。たしかに暗号だね。これを覚えてほしいんだ」

「これを？」

俺は前世では速記者だったんだ。と言っても専門学校を卒業し、就職して一年で死んだから経歴は浅いけどね。習ったのは早稲田《わせだ》式だけど、海外の速記法にも興味があって、独学でいろいろ調べたりもしていた。そんな経緯もあって、この国の言語にあう速記法を幼い頃から考えていて、現在、公《おおやけ》に使用されているのは俺が考案したものだ。

俺が書記官長という役職についているのは、半分は爵位の力だけど半分は伊達《だて》じゃないと自負している。

「わ、わかりましたわ」

「会話の内容をすべて記録できるようになってもらえるといいんだけれど、当面は、要約でいいから」

リナがエリアスと結ばれるまで、ゲーム通りスムーズにいけば一か月程度のはず。その後は俺の手も元通りになるのだから、速記術なんて覚えてもらう必要はない。一か月凌《しの》げればいいんだけれどもね。

それでもこんな指導をするのは、できるだけ長いこと俺がリナのそばにいるためだ。リナをうまいこと誘導して、エリアス以外の攻略対象に目がいかないようにしなきゃいけない。

仕事ができない俺なんか、こうして王宮に毎日出仕する必要はないんだ。リナが仕事を覚えたら完全にお役御免となる。そこを引き延ばすために、あえて難題をだすという手段だよ。

あとは万が一、リナがエリアス以外と結ばれて魔法が解けなかった場合は、本格的にリナに速記者になってもらう必要があるからだけど、そこは絶対に避けたい。

俺からエリアスへの恋心と仕事をとったらなにも残らないよ。

俺は執務室の片隅で、リナに熱心に教えた。

書庫に行って教えればいいようなことも、あえて執務室へ資料を運び入れておこなった。意識して、いつもよりだいぶテンションをあげた。エリアスの迷惑になるギリギリのラインかもってくらいの声量もだしちゃったりして。その目的はもちろん、エリアスにリナへの関心を持ってもらうためだ。

親友である俺の様子がいつもと違えば、どうしたんだろうと気になるだろう。自然と俺の相手をしているリナにも気がむくはず。

目論見《もくろみ》通り、エリアスは時折こちらを気にしていた。

三時間ほどで夕方になり、リナには部屋へ戻ってもらった。王宮には初めて来たというので迷子にならないよう部屋まで送り届けて執務室へ戻った。すると椅子にすわっていたエリアスは机に肘をつき、指を組んだ両手を口元に当て、不機嫌そうな眼付《めつ》きで俺を見つめた。

なにか言いたそうだが、それには気づかぬふりをして俺は朗《ほが》らかに振舞う。

「いや、よかった。とてもいい子で。賢いし愛想はいいし、まじめだし。そしてなにより可愛い」

「そうか?」

「陛下はそう思いませんでした? 見ていてどうでした?」

正直な感想を引きだしたくて明るく言ってみたが、あまり効果はなかったようだ。不機嫌そうな態度は変わらない。

「やけに楽しそうだったな。ケイはああいうのが好みか」

「俺よりも、陛下の感想を聞きたいです。今後ずっと獣人をやっていくことになったら、彼女が俺の代わりになるんだから。きっと相性がいいと思うんですけど」

　オオカミの眉間《みけん》が寄った。

「彼女がおまえの代わりをするのは、いまだけだろう」

「でも。元の姿に戻る方法がみつからなければ、そうなるかと」

「必ず対策を講じる。魔女は必ず探しだす。必ずだ」

　魔女を探しださなくても、対策はあるんだよ。エリアスがリナと結ばれれば解決するんだ。また夢のお告げとか言って教えてしまいたいけど、口にはださない。そんなことを他人に言われたら、リナに対して余計な抵抗を抱いちゃうかもしれないから。

　自発的にならいいけど強制されると嫌だって思考、俺もあるけどエリアスはとくにそういうところがある。

　エリアスに限らず、こういうことは自然に好意を持って結ばれたほうがいい。

「でもまあ、女子が部屋にいると華やぎますよね。リナはエールンバリ地方のオーベリソン男爵家の令嬢ですよ」

　強引にリナへ話を戻したが、エリアスは黙っている。俺は勝手に話を続けた。

「十八歳ですって。年齢的にはちょうどいい。兄がふたりいて、末っ子だとか。可愛がられて育っているからきっと要領がよくて甘え上手でしょうね。恋愛経験はないらしいです」

彼の瞳が困惑したように俺を見た。

「もうそんなことまで話したのか」

「話が弾んでしまって。陛下も話してみてください。きっと魅了されます。彼女はいい子ですから。断言します」

「まだ会ったばかりだろう。なのに断言するとは、おまえにしてはめずらしい」

「そうですね。でも本当にいい子ですから」

「そんなに気に入ったのか……？」

エリアスの声が心なしか小さくなった。

「ええ。あ、勘違いしないでくださいね。俺じゃなくて、陛下にお勧めしているんですよ」

「俺に？」

「政治のために私生活を諦めるなんて悲しすぎるじゃないかと昔から思っていたんです。陛下も恋愛するべきです」

エリアスに主人公を勧める言葉は三日前から練習していた。だからするすると口から流れ出てくる。

「結婚はさておき、まずは恋愛をしてみたらいかがでしょう。愛する人がいるというのは素敵なことです。俺も最近、そんな気分になっていまして。だから陛下もぜひ」

エリアスの両手が、ぱたりと机に落ちた。

「冗談だろう？」

「本気ですよ」

「ケイ。そんな気分って、おまえ……相手が、いるのか」

「いえいえ。気分になっただけで、相手なんておりませんけれどもね」

俺は笑って言う。もちろんすべて、エリアスをその気にさせるためのセリフだ。

エリアスはひどくショックを受けた顔をしていた。口元を手で覆い、ぼそぼそと言う。

「……ずっと。ずっと恋愛に興味がないと言ってきたおまえが、興味を持ったというのか……？　なぜ？　きっかけはなんだ」

「いえ、きっかけなんて。なにもないですよ。俺のことはいいんですって。それより陛下に――」

「嘘だな。そんなことを言いだすということは、すくなくとも気になる相手がいるということだろう。教えろ。……親友だろ」

ええと、ちょっと待って。いまはリナとエリアスの恋愛について話を進めたいのに、エリアスの興味は完全に俺のことになっちゃってるよ。

「それともなんだ、ウサギになったせいか？」

「え、えと、どうでしょう」

「やたらと発情するようになったのと同様に、惚れっぽくなったりとか……？」

「そんなことは。いや、俺のことよりですね」

唐突にエリアスが立ちあがった。

「時間だな。俺の部屋へ行こう」

時間ってなんの、と思ったが、あれだ。俺を抱く時間。

「え。まだ早いんじゃ……」

「誤差範囲だ。今日はもう充分仕事をした」

エリアスは俺の恋愛事情を気にしていたのに、急に話を打ち切ったかと思うと、今度は俺を抱く話をはじめている。急な展開に混乱しつつ、俺は引きずられるようにしてエリアスの部屋へ連行された。


「あ……っ、あ、あっ……」

ベッドのきしむ音が室内に響く。

抱かれはじめてどれほど時間が経っただろうか。明るかった部屋がオレンジ色に染まっていることから、すくなくとも一時間以上は抱かれているはずだった。

互いにブラウスだけ羽織った格好だ。

執拗と言えるほど丁寧な愛撫からはじまり、正常位で達かされ、いまはうつぶせで腰だけ高く上げた格好で貫かれている。

正常位で抱かれたときは、前も一緒に弄ってもらえたが、いまはさわってもらえない。後ろだけを攻め立てられ、そこで生まれた快感が身体中で渦を巻き、出口を求めて荒れくるっている。

もう、達きそう。いつでも達けそうだ。あとひと押しさえあれば。

「んっ、んっ……あ」

エリアスの逞しいものが出入りしているそこは甘く蕩けて、押し込まれるたびにいやらしい水音が鳴る。その音にあわせるように声が漏れてしまうのがすこし前までは恥ずかしかったが、いまはもうそんなことを考えていられない。

「……ケイ。気になる相手は、誰だ」

荒い呼吸の合間に、かすれた声で尋ねられた。

「え……なに、が……っ、あ……」

「俺が知っている相手か。どこの令嬢、それとも……男じゃないよな」

快感に夢中でなにを訊かれているのかわからない。身体が熱くてたまらない。

どうしようもなくて、あまり役に立たない自分の手を伸ばし、己の中心を擦ろうとした。

そうしたら、エリアスが俺の両腕を背後から掴んだ。そして腕を斜め後ろに引っ張る。

俺の上体が浮いた。その姿勢のまま、腰を激しく突かれた。

「あ、ああ……っ」

彼の猛りが俺の中をえぐる角度が変わり、新たな快感が火花を散らす。

腕を摑まれているから前を刺激することができない。身体を支えているのは膝と、俺の腕を引くエリアスの手、繫がっている腰。

不安定な体勢で、力強い抜き差しが続く。この一週間、朝晩じっくり抱かれているせいで、俺の身体は変化していた。初めの頃よりもずっと、中が感じるようになったし、多少激しく突かれても、むしろ身体はそれを喜んだ。前だけの刺激で達くよりも、後ろに挿れられた状態で達くことを強く望んでいた。

まだ、後ろだけで達ったことはなかったのだけれど。

でも。このままいくと。

予感がしたとき、ひときわ力強く奥へと打ち込まれた。瞬間、体内で弾《はじ》けた火花が大きな熱風を噴きあげて爆発した。

「――っ!」

快感に身体を震わせて俺は達った。頭が真っ白になるような解放感を味わう。

すべてを吐きだして身体の力が抜けると、エリアスの猛りが引き抜かれ、腕を優しく解放された。ベッドに突っ伏すと、エリアスが俺を抱きしめるように覆いかぶさってくる。背中にオオカミの毛並みの感触がする。ふわふわとして心地いい。

「後ろだけで達けたな」

どこか嬉しそうな声で囁かれ、頭を撫でられた。

言わないでほしい。恥ずかしくて返答もできない。

エリアスはまだ達っていない。硬度を保ったままの熱く湿った猛りが俺の腰に当たる。呼吸を整えているあいだ、エリアスが俺のウサ耳を甘噛《あまが》みしてくる。そんな感触にも感じてしまい、達ったばかりだというのに俺の身体は熱を冷ます間もなく新たな快楽を求めはじめている。

「もう一度達っておかないと朝まで持たなそうだな」

「ごめんなさい……」

「謝ることはない。このところ俺は、ケイの身体を開発するのが楽しみになっている」

エリアスが俺を抱きあげた。

「今度はすこし趣向を変えるか」

寝室から出て、リビングへ連れていかれた。そしてひとり用のソファに浅くすわらされた。浅くというか、尻が半分座面に乗っていない。その状態で両足を大きく開かされ、ふくらはぎを肘掛けに乗せられた。

「な……」

「足、ずり落ちないように抱えていて」

なんて格好をさせられているのかと羞恥で目が眩《くら》むが、手伝ってもらっている手前、嫌とは言えない。俺は素直に従い、足を腕で抱えた。

「こんな格好で、するの……?」

「そう。扉の鍵はかかっていないし、廊下にいる近衛兵に聞こえるから、大きな声はださないように」

エリアスが俺の前に跪く。そしてオオカミの長い舌で、俺の半立ちしたものを舐めた。

「……っ」

後頭部を背もたれに押されているから、俺の恥部もエリアスの行為も至近距離で視界に入り、目を逸らすこともできない。顔から火が出そうだ。

「エリアス……っ、そんな、舐めたり……、っ」

「なんだ。よくないか」

「……恥ずかしい、から……っ」

俺のものを舐めながら、エリアスがふっと笑った。

「では、教えてくれるか。気になる相手を」

「だから……、そんなの、いないって……っ」

エリアスの指が、俺の入り口に触れる。

「リナは？」

「違います……っ」

ヌプリと指が入ってくる。

「……んぅ……」

「相手が女だと……ここをこんな風に可愛がってくれるかな。ケイは前より後ろのほうが好きなのにな」

中でゆっくりと指をまわされる。

「ほら。中が吸いついてくる。すごく俺をほしがってる……わかるか？」

「や、あ……」

「気持ちいいよな？　女じゃ、ケイの身体を満足させられないぞ……。もう、後ろに俺を挿れられないと、達けないものな」

愛撫されながら、言い聞かせるようにささやかれる。

「ここに、俺がほしくないか？」

奥のいいところを擦られ、俺は快感に真っ赤になりながら素直にねだった。

「ん……、っ……ほしい……っ」

陰茎から袋を丁寧に舐めたエリアスの舌先が、入り口をつついた。そして入り込んでくる。中を濡らされ、指と共に淫《みだ》らに刺激される。

「な……っ、そんな、とこ……っ、……」

大きな声が出そうになり、とっさに唇を噛みしめた。目を開けていられなくてギュッと瞑ったら目尻から涙が溢《あふ》れた。

一拍置いて、エリアスの舌と指が引き抜かれ、涙を拭《ぬぐ》われる。

「気になる相手は、本当にいないんだな」

俺は目を開けて頷いた。

「いるわけない……」

「俺に抱かれながら、他の誰かのことを想ったりなど……してないな」

俺は大きく首を振った。

「そんなこと、絶対にない」

「わかった」

エリアスはそう言って、ソファの肘掛けに手をついて、猛りを俺の入り口にあてがった。

逞しいものが自分の中に入っていく様を、こんなに間近からじっくり見るのは初めてだった。

「あ……あ」

ものすごく淫らな光景を見せられて、声が震える。

血管が浮き出た彼の猛りは俺のよりも太くて長い。それがすこしずつ埋め込まれていく。

先端が埋まり、茎が埋まり、根元までみっちりと埋め込まれると、そのフィット感に妙な快感を覚えた。俺の内部が、涎《よだれ》をたらして律動を催促しているのを感じる。

「ケイのここは、俺の形に完全に馴染《なじ》んだな……すごく、いい」

ここ、と言いながら、彼の指が結合部をなぞる。その思わぬ刺激に変な声が出そうになり、再び唇を噛みしめた。

中がうごめいたのかもしれない。は、と熱い吐息を漏らし、エリアスが律動をはじめた。とたんに身体が甘く蕩けだす。

卑猥《ひわい》すぎて、繋がっているそこを見続けるのに耐えきれず、俺は目を瞑って快感を追った。

「っ、……っ、ん……っ」

気持ちよすぎてどうしても声が出そうになる。でも扉のむこうにいる近衛隊に聞かれたらと思うと恐ろしい。異変を感じて扉を開けられたら。想像しただけでも頭に血が上る。両足を抱える腕に力を込め、必死に歯を食いしばった。

しかし俺の努力をあざ笑うように快楽が押し寄せてくる。初めはゆっくりだったエリアスの動きは徐々に加速し、激しさを増した。熱い。室内は冷えているのに熱くて身体から汗が流れる。エリアスの動きに比例するように快感が増し、頭がそれに支配されていく。俺の屹立した先端から先走りが溢れてくる。もっと気持ちよくなりたい。無意識に腰をくねらせて、快楽をむさぼろうとしてしまう。

「ん、ん……、ぅ……っ」

「気持ちいいか……?」

「ぁ、ん……っ、もう……っ」

後ろだけで達くことを覚えたためか、三度目は、すぐに達きそうだった。

また後ろだけでも達けるかもしれない。でもできることなら前を弄りたい。とはいえ手を離すと体勢が崩れそうで、できない。

「エリア、ス……っ」

甘えるように名を呼んだら、体内で、エリアスの硬度が増した気がした。く、という呻き声と共に律動が緩み、代わりに彼の手が俺の勃《た》ちあがったものを包むように握って刺激した。身体の熱が限界まで上昇し、頂点が見えてくる。快感の予兆。内股が震え、甘く痺れる。

「ケイ……っ」

エリアスが上体を重ねてきた。

俺は足から手を離し、彼の背中に腕をまわして、しがみつきながら達った。

「——っ、……っ、ぁ」

達った快感で中がひくついている。エリアスは素早く俺から身体を離して自身を引き抜き、そこで達った。

これまでエリアスが俺の中で達ったことはない。そんなものなのかなと思ったけれど、達ってすぐに身体を離されるのは、なんだかさみしいような気もした。

熱が引き、脱力した身体に力が戻ると、俺は立ちあがって身支度をはじめた。

エリアスが手伝ってくれる。

どうしてエリアスは、あんなに俺に、気になる相手のことを訊いてきたんだろう。

女じゃ無理だって言われたけど……純粋に心配してくれたんだろうか……。

たしかに俺の身体はエリアスに開発されて、彼以外は受けつけなくなっている。そもそも俺は女性を抱ける男じゃないんだけど、そんなことエリアスは知らないし。

それとも単純に親友だから気になるのかな。互いに上流階級の狭い交友関係で生きているから、うっかりライバルにならないよう、友人の気になる相手はチェックしておくべきだとは思うけど。

でもなんというか、それだけでなく、もっと真剣な、切羽詰まったようなものもあったような気がしなくもない。たとえば嫉妬《しっと》とか独占欲みたいな……。

そこまで考えて、俺はその考えを打ち消した。

そんなわけ、あるはずない。

だって、どうしてエリアスが俺にそんな感情を抱くんだ。エリアスは俺と違ってノーマルな男なんだ。あるとしたら親友に対する思いだけだ。

ありえない期待をするんじゃない。期待したら、あとで辛くなるだけだ。

自分に言い聞かせながら身支度を終えるとエリアスが言った。

「泊まっていけばいいのに」

「いえ、そういうわけには。けじめですから」

毎夜言われるのだが、俺は固辞している。正直、何時間も抱かれたあとで身体が辛い。でも恋人でもないのに甘えることはできない。俺がエリアスに抱かれていることを、未来の恋人であるリナに知られるわけにもいかない。

「だがな。さんざん抱かれてふらつきながら帰るおまえを見送る俺の気持ちを考えてくれ。途中で行き倒れていないか心配になる。そうなったら俺の責任だから」

「エリアスに責任なんてないですよ。屋敷はすぐそこだし、馬車で帰るんですから大丈夫。行き倒れるほうが難しい距離です」

エリアスは不服そうだが、けじめだという俺の気持ちを汲《く》んで、それ以上は言わなかった。明日の朝もよろしくと俺は笑顔で別れを告げ、けだるい身体を引きずるようにして退室した。


翌朝。

朝もエリアスに抱かれたあと、一緒に部屋を出るのは恥ずかしいので俺が先に執務室へむかうことにしているんだけれど、その廊下の途中にリナがいた。犬の獣人と楽しそうに話している。

犬はゴールデンレトリバー。あれはエリアスの義弟、クリストフェルだ。四人目の攻略対象でもある。

なにを話しているのか、彼を見るリナの目がハートになっている。

やばい。邪魔しないと。

「殿下、おはようございます。リナ、おはよう」

俺は急ぎ足で彼らに近づき、割って入った。

「やあケイ。ケイは変身しても変わらず綺麗だね。いや、なんだか色っぽさが増したような」

「ありがとうございます。ところで殿下。紹介が遅れましたがそちらのリナは書記官代理として私が呼び寄せた者でして」

「ああ、いま聞いたよ。こんな素敵な子が王宮内にいるだなんて知らなかったから、思わず声をかけた」

「さようでしたか。お話し中申しわけございませんが、至急の用があるものですから、リナをお借りしていきます」

リナの目はハートのまま。動こうとしないので、有無を言わさず腕を引っ張った。

危ないな。王弟は王宮きっての遊び人で、男女見境なく口説《くど》きにかかる。

「いまのお方」

執務室へむかいながら、リナが呟《つぶや》いた。

「人間での顔はわかりませんけれど素敵な方でした……」

すっかり夢見心地だ。俺は焦った。

「リナ。いまの人は気をつけたほうがいい。誰にでも甘い言葉をささやくけれど本気じゃないから」

王弟を近づけないように気をつけないといけないな。リナにはちゃんとエリアスに惚れてもらわないと。そして変身した全員を元に戻してもらうんだから。

「王宮にはそういう人がたくさんいるんだ。警戒してね」

「そうなのですか。ありがとうございます。ケイ様は親切でお優しいですね」

「いちおう上司だからね」

「ところで至急の用というのはなんでしょう」

「ああ、それはね。あの人に近づくのはちょっと危険かなと思ったから、そう言っただけなんだ」

「まあ。助けてくださったのですか。私のために……」

今度は俺にうっとりとしたまなざしをむけてくる。

もしかして、惚れっぽい子なのかな……。仕事仲間として俺に好意を持ってくれるのは嬉しいけれど、それ以上は困るんだけど。

今後の対応に若干不安を覚えつつ、執務室に入った。

「昨日渡した資料は、部屋に戻ってからも見たかな」

「はい。でもとても覚えられそうな気がしません」

「ゆっくりでいいから」

笑顔で言うと、リナの頬が染まる。困ったな。フラグが立たないように気をつけたいけど冷たく接するのも変だし。どうしたらいいんだ。

真面目な話でもしておこうか。

「ゆっくりでいいけれど、間違えちゃだめだよ。問題が起きたとき、書いた書面が証拠になるからね」

「まあ。自信がありませんが……」

「だいじょうぶ。俺が確認するし、じきに慣れるよ。慣れると楽しいよ」

「楽しくなるでしょうか」

「もちろん」

俺はカーテンを開け、換気のために窓を開けた。リンデの花が風に吹かれてはらはらと散っている。

「まあ、むき不むきがあるし、人によってはつまらない仕事に見えるかもしれないけれど。俺、書記の仕事が好きなんだよね。自分が国の歴史に関わっているって自負もある。俺が死んだあともずっと記録は残るんだ。未来の人が俺の書いたものを読んで歴史書を編纂《へんさん》するのかと思うと夢があると思わないかい？」

振り返ると、リナの俺を見る目がハートになっていた。え、なんで。

そこに助け船のようにエリアスがやってきた。リナの顔つきが仕事モードになる。よかった、変な空気にならなくて。

やがて官僚たちが報告に来て、仕事がはじまる。

独身宣言した王なんて下手したらはしごを外されそうなものだけど、エリアスは重臣をうまくまとめ、よくやっている。この非常事態もすみやかに落ち着かせ、日常業務も滞りなく処理していて、その手腕は本当に尊敬する。

俺はリナの横で、官僚の報告を頭の中でまとめながらエリアスを眺めた。

冷静に対応する様子からは、ついさっきまで俺を抱いていたなんて思えない。

ふいに彼の熱く逞しい身体を思いだし、頬が熱くなる。ギャップがすごいよな。さっきはあんなに――。

でも。いずれは俺じゃなくてリナにああいうことをするのか……。

突如として頭をよぎった思いが胸をチリリと焦がした。

ああもう、仕事中になにを考えてるんだ。集中集中。

リナを見ると、自分で話を要約し、記録をしていた。５Ｗ１Ｈ、重要点の漏れがたまにあり、そこを指摘する。リナは続けるうちに徐々に慣れてきたようだった。

やがて来訪者が途切れた。こんなとき、エリアスは俺に話しかけてくる。それを見越して俺は席を立った。用があるのでしばらく戻らないとリナに告げて部屋を出る。

用事はいちおうあったけれど、このタイミングにしたのはエリアスとリナをふたりきりにするためだ。仲良くなってもらわないとね。

ふたりをさらに仲良くさせる方法を考えながら俺は王宮を出た。

東門から出て橋を渡ると、貴族御用達の高級商店が立ち並ぶ通りに出る。ストックホルムかパリの旧市街を仮装して歩いている気分になる、そんな景色だ。

街に獣人の姿はなく、すれ違う人が俺のウサ耳を見てぎょっとした顔をする。帽子でもかぶればよかったかなと思ったけど、すぐ帰るので気にしないことにする。

用事を済ませて王宮へ戻ると、昼にはちょっと早いが休憩することにし、一階のカフェテリアへむかった。

王宮で働く者が利用できるそこは中庭が望めるテラス席もあり、なかなか雰囲気がいい。

そこで俺はクルミパンと夏ミカンジュースを注文した。

焼きたてのクルミパンは表面がパリッとしていて中はふんわりしっとり。クルミと小麦の香ばしい匂いが温かく口に広がる。

夏ミカンジュースは絞りたてで、爽やかな苦みと甘さがいまの気分にちょうどよかった。

おいしいなあ。

テラス席で味わいながら食べていると、中庭のむこうからパンダたちがこちらへやってきた。見覚えのあるドレスを着たパンダと子パンダ二頭。姉と甥たちだ。

「ケイたーん！」

二頭が駆けてきて俺に抱きつく。今日はふたりとも体形にあわせた半ズボンを穿《は》いていた。俺は二頭まとめて抱き上げ、そのモフモフに顔を埋めた。かわいいしふわふわだし、あー幸せ。

今日は昼休憩の時間、甥の相手をする約束をしていた。乳母《うば》も戴冠式に参列してカエルになってしまったそうで、子供たちが怖がって近づこうとしないらしい。現状、姉の負担が大きいという話を聞き、すこしでも姉が息抜きできればと声をかけたんだ。

「ふたりとも、服はズボンだけ？」

「うん。ケがいっぱいあるから、おようふく、いらないよ」

ふたりとも服を拒否するらしい。ズボンだけは穿くようにさせたが、あとは諦めたと姉は言った。

「悪いわねえ、ケイ」

「いいよ。よし、ふたりとも、かけっこだ」

二頭を降ろし、中庭の芝の上を駆けだした。

ころころ転がるように追いかけてくる二頭の姿が愛らしい。丸い尻がキュートで鼻血が出そうだ。日本だったら動物園の飼育員にでもならない限り子パンダと触れあうことなんてできないからな。なんて贅沢《ぜいたく》だろう。しかも中身は本物のパンダじゃなくて俺に懐いている甥なんだから、最高だよ。

俺も転がるとすかさず二頭が乗ってくる。顔の上にも乗られ、うわーやめてーとおどけてみせると子供たちはさらに喜んで俺にいたずらしようとする。しばらくそうしてきゃっきゃうふふと戯《たわむ》れていると、足音と共に人影が近づいてきた。目をむけたら、エリアスだった。微笑んで俺たちを見下ろしている。

「楽しそうだな」

「陛下も仲間に入りますか」

冗談で言ったら、エリアスが子パンダたちに言った。

「オオカミのおじさんも入れてくれるか」

「いいよ～っ」

エリアスが加わった。

子供と関わる機会は王太子時代にあったので、意外にも子供の扱いがうまい。高い高いと称して子パンダを空へ投げたり、手を繋いでぐるぐるまわしたりとおもいきり遊んでくれた。

エリアスも大きな口を開けて笑っていて楽しそうだ。

こういう姿を見ると、子供が好きなんだろうなと思う。子供はいらないなんて言っているけど、やっぱり結婚したほうが幸せになれるんじゃないかと思ってしまう。

「疲れた。ちょっと休憩させてくれ」

もっととせがむ子供たちにエリアスが息をついて言った。

「おまえたち、腹は空《す》いていないか」

「すいたーっ」

「陛下は、昼食は」

「まだだ。おまえは」

「お供します。ナータンとドーグはなにが食べたい」

四人でカフェテラスへ入り、それぞれ好きなものを注文した。

「わーい、ピクニックしようよー」

ナータンが中庭にすわって食べようと提案する。エリアスはそれに「いいぞ」と気軽に答え、食事の載《の》ったトレーを運んで木陰に腰を下ろした。俺もその隣にすわる。

「そういえば陛下、リナは」

「そこにいる」

示されたほうを見ると、カフェテラス内のテーブルで姉と談笑しながら食事をしていた。

「一緒にここまでいらしたんですか」

「ああ」

エリアスとふたりきりで食事をする仲になるには、まだ時間がかかりそうだ。でもここまでふたりで一緒に来たというのなら、二日目にして上出来だ。

「リナとはなにか話されましたか」

「とくになにも。それよりおまえ、またパンだけか」

俺がクルミパンを手にしたのを見て、エリアスの眉が寄った。

「メニューの中で食べられそうなのはパンだけなんですよ」

「しかし毎日それでは栄養が偏るし、飽きるだろう」

「陛下は――あれ、そんな新メニューが出ていたんですね」

エリアスはローストビーフ丼だった。半熟卵にマッシュポテトが添えられていて、グレイビーソースがかかっている。見るからにうまそうだ。

「昨日からだしたそうだ。ほら」

彼はローストビーフを一枚フォークでとると、俺の口元へ差しだした。

うわ、食べさせてくれるというのか。

目の前の肉を見ながら、相手は恐れ多くも国王であることを考える。いくら親友と公言しているとはいえ人目が気になる。こんなことをさせていいのか。しかも俺にとっては好きな人でもある。

内心うろたえたが、断ることはできない。ドキドキしながら頬張《ほおば》った。

「うあ、おいひい」

柔らかく、脂っこくなくさっぱりしていて、うまいとしか言いようがない。ソースも絶品。続けてご飯も差しだされ、反射的に口に入れた。温かいご飯って、どうしてこんなにローストビーフにあうのかな。最強だな。

エリアスは俺の口からフォークを引き抜くと、そのフォークでどんぶりから肉をとり、そのまま自分の口に入れた。

あ、という声が出かかったが呑み込んだ。つい、彼の口元を凝視してしまう。

「うん。うまいな」

エリアスはもう一度肉をとると、また俺の口へ運んだ。

「あの、陛下」

「遠慮するなよ」

エリアスが楽しそうに微笑む。リラックスしているなあ。

俺は頬が赤らむのを自覚しながらフォークを口に入れた。

ひとつのフォークを使って交互に口へ入れていく。

これって間接キスだよね……。

十代女子じゃあるまいし、なにを意識しているんだと思うがドキドキするのはとめられない。そもそもこんなことを王にさせてとか言っているけど、俺、性欲処理の手伝いというもっとんでもないことを王にさせてるんだよね。とんでもない臣下だよ。

「ケイにーちゃん、たべさせてもらってる」

子パンダたちが笑う。ちなみに彼らはパンダの手だが、肉球を器用に使ってフォークを持ち、普通に食事をしている。

「ケイたん、ウサギしゃんのおみみ、あかいよ」

「ほんとだ。さっきよりあかいね。どうして」

「ええと、なんでかな。ママに訊いてくれ」

「わかった。ママー」

恥ずかしくて適当に答えたら、子パンダたちは答えを聞きに母の元へ駆けだした。

姉よすまない。子供の相手はここまでにさせてもらおう。俺は子供たちの食事を姉に渡しに行った。それから先ほどの座席に置いていた荷物を手にしてエリアスの元へ戻ると、隣にすわりながらそれを彼に渡した。

「遅くなりました」

それは先ほど王宮を出て菓子店で買ってきたマカロンだ。

エリアスは包みを見ただけで中身を察し、口角を上げて受けとる。

「要求したみたいですまないな」

戴冠式の日に言われていたのを、ようやく渡せた。

エリアスがマカロンについて言及した理由について話すと、八歳の頃に遡《さかのぼ》る。

俺たちが八歳の秋、エリアスの母親が病死したんだ。弟は腹違いでさほど仲良くなかったし、王である父とも心の距離があり、心を許せる相手は当時の彼のそばにはひとりもおらず、その日、彼はひとりで裏庭の木の下でひっそりと膝を抱え、母親の死を悼《いた》んでいた。

訃報を知った俺は王宮中をまわって彼を探して見つけだし、その横に静かにすわった。

俺の母親もその半年前に病死していたので、そのことを話し、たまたま持っていたマカロンを渡して一緒に食べたんだ。泣きたいときは泣いていいんだとか俺はずっと変わりなくそばにいるからとかなんとかクサいことを言って。そしてその日はずっとそばにいた。次の日も勝手に王宮へやってきて、そばにいた。

当時の俺はここがゲームの世界と認識していなかったし、純粋にエリアスが心配で、支えになってやりたいと思っての行動だった。

そのときから俺たちは急速に親しくなった。エリアスにとって、それまでの俺は幼なじみのひとりという意識だったんじゃないかと思う。彼の周りには薄い膜みたいなバリアを感じていたんだ。けど、それがなくなって、俺の言動をよく見るようになって。互いに心が通じる感覚が生まれてきた。

それ以来、なんらかの節目のときには彼にマカロンを渡している。そばにいて支えたいという当時の気持ちは変わらないことを伝えるために。

王宮内のコックだってマカロンを作れるんだけれどね。エリアスは俺が持ってくる庶民的なやつがいいんだと言って、喜んで受けとってくれる。

つまりマカロンは、俺たちにとって絆《きずな》の象徴みたいなものだった。

エリアスが包みを開けた。

「思いだすな。これを初めて俺にくれたときのケイは、かわいかったな」

「エリアスこそ、俺よりずっとかわいらしかった」

「いまはこんなオオカミだ」

自嘲《じちょう》するように笑いながら、マカロンを一個口に入れる。

「変わらない味だ」

エリアスがもう一個つまみ、俺の口に入れた。

さっくりしていて、ほんのり甘い。この店のマカロンは一種類だけで、王宮のコックが作るものよりもずっと甘みが薄い。いつもの味だ。

「ええ。変わらない味ですね。もう二十年近く経つのに。安心の定番」

味わっていると、その横でエリアスが芝に寝転がった。腕を枕に空を眺める。なんとなくつられて俺も空を見あげた。

小さな雲がゆっくりと流れていく。それを見送っていると、エリアスがぽつりと呟くように言った。

「変わらないから安心する。だが……すこし、変わってくれてもいいいんじゃないかと思うときがある」

「変わってほしいとは、甘みを足すとか？」

「……そうだな。甘み、ほしいな」

気持ちが乗っていないような物言いだ。

「お店に伝えましょうか」

エリアスは茫洋《ぼうよう》としたまなざしで空を眺め続けている。

「単純に甘みを足せばいいってことでもないからな……言ってもうまく伝わらないって諦めもある。悪いほうに変わるくらいなら、いまのままのほうがましだと思ったりもしたんだが……どうしたものか」

なにかべつのことを言っているんだろうか。重臣とトラブルでもあったかな。

彼はそのまま黙り、目を瞑った。

俺は彼の思考の邪魔をしないように、静かにそばにすわり続けた。

四

　夕方、記録物を書庫へ運んで執務室へ戻ると、部屋の前にクマが立っていた。近衛隊長のラルフだ。先ほどまではウサギの隊員が警備に立っていたのだが、交代したらしい。

　俺が扉の前まで来ると、呼びとめられた。

「ケイ。おまえはだいじょうぶか」

「だいじょうぶってなにが」

　クマの眉間にしわが寄る。

「おまえ、ウサギだろう」

「そうだね」

「なにか、妙な変化はないのか」

　内心ぎくりとしつつ、俺は首を傾《かし》げた。

「見た通り、妙な変化をしているよ。手がこれだから仕事ができなくて困っているのは知っているだろう」

「それだけじゃなくて」

ラルフは言いにくそうに声を潜めた。

「じつはな。近衛隊の風紀が乱れているんだ」

「え」

「隊員たちはウサギになったやつが多いだろう。やつら、異常に発情するようになってしまってな。場所も相手も見境なく事に及ぼうとする事件が頻発していて、とても仕事を任せられなくなっているんだ」

うわあ。

そうなのか。近衛隊員たちも俺とおなじ変化をしているのか。

それは大変だ。

集団のウサギ。当直もある。想像するとたしかに……そりゃ、風紀も乱れて当然だ。

「発情していることで妙なフェロモンでも出てるのか、みんなやけに色っぽくなって……いや、これは俺がクマになったせいで小動物を見るとそう感じるだけか知らんが……」

「色っぽく……って。ほとんどみんな、ウサギ顔じゃなかったかな？」

ウサギ顔の隊員たちが色っぽく見えるって、どういうこと？　食べたいのとは違うのか？

ラルフも彼らに欲情しているってこと？

「そうなんだが」

ラルフがじっと俺を見た。

え、なに。なにその獲物を見るような目つき。

「おまえも妙に色気が増したな。以前は性的な感じがあまりしなかったのに、いまはものすごく……」

ラルフがごくりと喉を鳴らし、一歩近づいた。

「え、ちょっとラルフ」

俺を食べたいの？　それとも欲情してるの？

「もしおまえも発情して困っているなら、俺が手伝ってやるぞ」

「だ、だいじょうぶ！　俺は問題ないよ！」

腕を摑まれそうになり、俺は慌てて室内へ飛び込んだ。ラルフは執務室の中までは追ってこなかった。

「どうしました？」

息を乱して入室したから、リナが心配の目をむけてきた。

「いや、なんでもないよ。あれ、陛下は」

「隣室で休憩中です」

室内にいたのはリナだけだった。せっかくふたりきりにしたのにな。エリアス、リナを放置せず早く口説いてくれよ。

俺は着席し、深く息をついた。

しかし、いったいどうなっているんだ。

まさかラルフにまで手伝うなんて言われるとは……。

そういえばエリアスも、オオカミになったから理性が利かないとか言っていたけれど……。

ただの親友であるはずの俺を毎日抱けるってことは、エリアスもラルフとおなじように、俺に対して性的ななにかを感じてるのかな。

攻略対象みんな理性が緩んで欲情しがちとか万年発情しているとか、そんなの、ゲームでは説明されなかったぞ。

俺は攻略対象なんだぞ。それなのに他の攻略対象と身体の関係を持ち、もうひとりの攻略対象に迫られそうになり。主人公の知らないところでなにをやっているんだか。

ピュアな乙女を対象にした乙女ゲームにも裏事情ってものがあるんだな……。

「あの、だいじょうぶですか。なんだか具合が悪そうですけど」

ぐったりしていた俺を見て、リナが再び心配してくれた。

「ありがとう。だいじょうぶだよ。ええと、俺、ちょっと疲れやすくてね」

「まあ。そうだったんですか」

あ。なんか、この流れって覚えがあるぞ。

このあと俺が、胃の辺りを押さえて苦しむんだ。あれって胃じゃなくて股間だったんじゃないかといまは思うけれども、ともかくそれでリナに介抱してもらいながら自分の病弱さを語るんだ。

そしてフラグが立つ。

いや、まずい。それはまずいぞ。

「ええと、リナ。俺じゃなくてエリアスに関心を持つんだ。それよりも陛下だよ。彼を心配してあげてほしいな」

「陛下を？」

「そう。彼はね、小さいときに母君を亡くして、愛に飢えている。リナみたいな優しい人を求めていると思うから、癒してあげてほしいんだ。ああ見えて繊細で孤独な人なんだ」

小さい頃に母親を亡くしたエピソードは、ゲームではエリアス本人がリナと仲良くなってから話すことになっていた。ああ見えて繊細で孤独な人というのは、リナが自分で気づくはずなんだけど、待っていられないので教えてしまった。

だってこのままじゃ俺ルートに入っちゃう。強引でも、エリアスルートに入ってもらわないと。

「きっといまも、いろいろな心労で休んでいるんだと思う。ちょっと様子を見に行ってくれないかな。そして、しばらくそばにいてもらえるかな」

「わかりましたわ」

リナは素直に隣室へむかった。

しばらく待ったが、リナもエリアスも戻ってこなかった。うまくコミュニケーションをとれているのかもしれない。

うまくいっているようだと思うと、それはそれで胸がもやもやした。なんだか胃も痛くなってきて、俺は机に突っ伏した。

嫌だ、という本音が浮上しかけ、力技でねじ伏せる。

違う。これでいいんだ。

ふたりが結ばれることこそ、俺が望んでいることなんだから。

悲しくなんか、ない。これっぽっちも悲しくないんだ。

自分を言い聞かせる時、俺は人魚姫の話を思いだす。

人魚姫は大好きな王子が他の女性と結ばれて、自分の気持ちを伝えることなく海の泡になって消えた。でも俺にかけられた魔法は泡になる必要はない。恋が実らなくても、人生、他にも楽しいことがある。そばにいたいならそばに居続ければいい。すべてを絶望して悲観することはないんだ。

胃の痛みを無視して、俺はリナの書いた書類をチェックする。

チェックしながらも、隣室の様子が気になって落ち着かなかった。

三十分もするとふたりは戻って来た。

ほっとする半面、どの程度親密になったのか気になってしまう。胸のもやもやと胃の痛みは相変わらずだ。

「ちょっと身体を動かしてくる。ケイ、つきあってくれ」

「はい」

リナには速記記号を覚えるように言い置き、エリアスのあとに従って部屋を出た。そのあとにラルフもついてくる。

リナとの仲が進展したか気になったけれど、ふたりが話すたびにいちいち尋ねるのも無粋《ぶすい》なので黙って歩く。

エリアスがむかった先は近衛隊の訓練場だった。正殿内ではなく離れに建つ訓練場で、場内へ入ると本日の護衛任務についていない隊員たちが十人ばかり、剣の稽古をつけたり筋トレに励んでいた。

エリアスは木剣を持ち、俺を振り返った。

「すまん。おまえは無理だったな」

言いながら俺の手を見る。

「俺に稽古の相手をさせるつもりだったのですか？　そんなこと、手はもちろんですけれど、技量的にも無理ですよ」

「いや。俺の稽古のためじゃない。ケイ自身の腕を上げてほしくて誘ったんだが」

声を潜めて続ける。

「王宮内が獣人だらけになっただろう。ちょっと心配でな。帰り道で襲われやしないかと」

俺が襲われる心配をしてくれたらしい。昨日までなら冗談でしょうと笑っていただろうけれど、ラルフから隊員たちの風紀の乱れを聞いたあとでは笑っていられない。

とはいえ、この手ではどうしようもない。

エリアスがラルフ相手に剣を使うあいだ、俺は部屋の隅にすわってそれを見学した。

場内にいるのは、ほぼウサギ。

思えば、ここに限らずエリアスの周りには常に近衛隊員がいる。つまり、絶賛発情中のウサギがいるんだ。夜間も、部屋の前に。

エリアス、だいじょうぶかな……。

俺の心配よりエリアスだよな。まさか王を襲おうとする輩《やから》はいないと思いたいけれど、でも理性を失うほどの欲情だということは俺も経験しているし。

常日頃身体を鍛えている屈強な隊員たちだから、エリアスだって押し倒される可能性はある。王を守るはずの近衛隊が王を襲うなんて洒落《しゃれ》にならない。

「ケイ様」

そんなことを考えていると、斜め後方から声をかけられた。ウサギの隊員たちだ。

「ちょっとお話が」

「なんでしょう」

「ここではちょっと」

深刻そうな様子。いったいなんだろう。

三人の隊員に促されて、俺は訓練場から出た。

連れてこられたのは道場の裏。三人は顔を見合わせて立ちどまったかと思うと、俺をとり囲んだ。

「ケイ様。あなたもウサギですね。ウサギならばわかってくださいますよね。この抑えようもない衝動をっ」

「は、はい？」

「とぼけないでください。びんびん感じます。あなたの身体から匂い立つフェロモンを。ケイ様はほぼ人間の姿を保ったウサギですから、とくにそそられて。目のやり場にも困るほど……っ」

ええぇ、俺、フェロモンなんてだしてるの？　本当かな。みんなが俺のフェロモンを感じるってことは、俺もウサギたちのを感じてもおかしくない気がするけど、なにも感じないぞ。鼻が人間だからかな。

「はっきり言います。これはお誘いでございます！　さあ、ケイ様もご一緒に楽しもうではございませんかっ」

　ウサギたちはぽいぽーいと服を脱ぎ、一斉《いっせい》に俺に襲い掛かってきた。

「うわあっ！　ちょっ、誰かたすけ――っ！」

　俺も多少の護身術は学んでいるが、手はウサギだし、なにしろ相手は近衛隊員三人だ。とても太刀打《たちう》ちできない。

　押し倒され、ズボンを降ろされた。続けて下着も降ろされそうになった、そのとき。

「うわあっ」

「あれえっ」

　ウサギたちが次々に俺の上から飛んでいった。

「おまえたち、なにをしている」

　ウサギたちがいた後ろにはエリアスが立っていた。彼が隊員たちを投げ飛ばし、助けてくれたようだ。

　エリアスは牙《きば》をむいて隊員たちを睨《にら》みつけていて、尋常でない怒りのオーラを放っていた。いまにも飛び掛かりそうなその様子に、隊員たちは震えあがっている。

　続いてラルフもやってきて、現場を見て額を押さえた。

「ラルフ。この者たちは当面謹慎させろ。このあとの俺の警備はいいから、隊の調整をしてくれ」

エリアスは俺を立たせ、着衣を直してくれた。そして俺を抱きかかえて正殿へ戻る。

「あの、歩けますから降ろしてくださいっ」

訓練場から離れると、エリアスも落ち着きをとり戻し、俺を降ろした。でも腕は離さずに歩きだす。

「まさか言っているそばから襲われるとは」

「すみません」

「いや、謝ることじゃないが。薄々感じていたが、はっきりしたな。気をつけろ。いままでとは違う。できるだけひとりきりにならず、俺以外の獣人には近づくな」

「はい……しかし、王宮中獣人だらけなのに、近づかないなんて無理じゃないかと」

「たしかにな」

執務室へ戻ると、リナが言われたとおりに速記記号の暗記を頑張っていた。

「ケイ。今後の対策を考えるか」

「はい。あ、でも」

せっかくいまはエリアスの手が空いているのだから、俺よりリナと交流してほしい。

「陛下。俺のことは自分で考えますので。それよりもですね、リナに王宮のことを話してあげていただけますか。彼女はまだなにもわからないですから。俺はちょっと書庫へ」

「ケイ」

エリアスが低い声をだした。

「おまえ、いいかげんにしろ」

俺を鋭く睨んだまま、リナに言う。

「リナ。今日の職務は終わりだ。もう部屋へ戻ってくれ」

「は、はい」

リナが俺たちの様子を窺い、片付けもそこそこに退室した。入れ替わりに侍従が入ってこようとしたが、こちらもエリアスに追いだされた。部屋にふたりきりになる。

「いったいどういうつもりだ。最近のおまえは俺とリナをやたらとふたりきりにさせようとする。さっき俺が休んでいる時にリナが来たのもおまえの差し金だろう。なにを目論《もくろ》んでいるんだ」

「目論むだなんて。俺はただふたりに仲良くなってほしいだけです」

「なぜ」

「彼女はいい子ですから」

「ケイ。そういうのは余計な世話だ。おまえが仕組まなくても、気があえば自然と話すようになるし仲良くなる。仕組まれるのは、なにか強要されているようで腹立たしい。いまのおまえは、俺に政略結婚を迫る重臣たちと一緒だ」

言葉の端々に怒りが滲んでいる。俺はエリアスを不快にさせるつもりは毛頭なかったから、重臣と一緒だと言われて初めて、はっとした。

そうだ。エリアスは強要されることを嫌がる。エリアスに限らず誰だって嫌なものだ。だから押しつけがましくならないようにと思っていたはずなのに、気づけば俺は、ふたりをくっつけることばかりを考えて、不自然な行動をとっていたかもしれない。もう数日が経つのに、ふたりの距離がなかなか縮まらないから。

「リナはおまえの遠縁だったか？　まさかと思うが、糸を引いているのは宰相か？」

「まさか。そうじゃありません。俺はただ、陛下の幸せを考えただけです」

「俺の幸せとリナになんの関係がある」

「先日もお話ししました通り、陛下には恋愛をして、幸せを感じてほしいんです。リナは陛下にあうと思ったので。リナなら、陛下を幸せにできると思うんです」

「……それは……本当に、本気で言っているのか」

「はい。もちろんです」

オオカミだからよくわからないけれど、俺を見つめるエリアスの顔が青ざめたように見えた。

「やめてくれ」

エリアスが、俺を強く睨みつけた。

「おまえが、俺に恋愛相手を勧めるだと？　そんなのはやめてくれ。おせっかいは必要ない。おまえには、おまえにだけは、そんな心配されたくない」

強い口調で激しい怒りをぶつけられ、俺は驚いてとっさに返す言葉がなかった。

「俺は、おまえだけいればいい」

燃えるようなまなざしで告げられる。その瞳は怒りと苛立《いらだ》ちに満ちていて、身がすくむ思いがした。

エリアスをこれほど怒らせたのは初めてのことだった。普段の俺だったらこれ以上なにも言えないだろう。けれどもこの件に関しては黙っているわけにはいかなかった。エリアスにはなんとしてもリナと結ばれてもらわなくてはならないんだ。

「いけません。たったひとりの友人にしか心を開けない人生なんて、陛下に送ってほしくないんです。そんなさみしい人間関係しか築けない国王に、豊かな国を築けるとも思いません」

「おい。おまえがいればいいと言ったがおまえ以外の者に心を開いていないわけじゃない。たとえそうだとしてもなにが悪い。それが幸せじゃないというのか。人の幸せを決めつけるな」

「そうは言いませんが、いま以上に幸せになってほしいだけです」

「心配無用だ。俺はいまのままで充分幸せだ。むしろいまが一番幸せだ」

「え……いまが一番？」

「そうだ。いままでの人生で最も幸せを感じている」

獣人になっているというのに、いまが一番幸せと感じるなんてどういうことなのさ。もっと突っ込んで訊きたいけれど、売り言葉に買い言葉っぽいし、話が脱線するのでやめておく。

「とにかく。とにかくですね」

俺はエリアスがクールダウンするように一呼吸置き、落ち着いた口調で話した。

「リナと近づけさせようとしたことでご不快にさせたことは、謝ります。大変申しわけありませんでした。今後は一切そんなことをしないと約束します。ただし、俺の意図とは関係なくリナとふたりきりになることもあると思いますから、それはご容赦《ようしゃ》ください」

これは本当に反省した。気をつけてはいたんだけど、焦るあまり露骨だったとたしかに思う。エリアスからしたらいい気分ではなかっただろうな。

エリアスのまなざしがすこし落ち着いたのを確認し、俺は言葉を続けた。

「でもですね。騙《だま》されたと思って、いちどちゃんとリナと話してみてください。それで気があわないと思ったらそれまででいいので」

「まだ言うか」

あまりにしつこいせいだろうか、エリアスの口元が苦々しげに引きつった。

「もういちど訊く。それがおまえの本心なんだな」

「はい」

「それが、おまえの、俺への返事だと受けとめていいんだな」

すこしだけニュアンスが違うような気もしたが、おなじことを繰り返し訊かれたと思った俺は、大きく頷いた。

「はい」

「……そうか」

エリアスの瞳が苦しげにゆがんだように見えた。

「そこまで言うなら、わかった。おまえの望むとおりにしてやる」

エリアスが俺から顔をそむけるように横をむき、投げやりに言う。

「リナと話そう」

その時、硬い空気をぶち壊すように俺の腹が盛大に鳴った。ぐうううっと、漫画みたいに。

エリアスが呆れた目を俺にむけた。

「この状況で鳴らせるか。おまえって、本当に度胸あるな」

わざとじゃないんだよお。

手がウサギだから食べるのが大変で、どうしてもいちどに食べる量が少量になってしまうんだ。それにもう夕暮れだしさ。おなかが空く頃なんだよお。

「俺も腹が減ったな。なにか食べるか」

俺たちはエリアスの居室へ移動した。

エリアスの居住区には食事用の部屋がある。晩餐《ばんさん》に使える立派な部屋だが、エリアスは落ち着かないと言ってそこをほとんど利用しない。自室のリビングに小さな食卓を置き、そこでひとりで食べている。小さな食卓といっても、日本の家庭で使われている平均的な大きさかな。椅子は二脚のみ。

小さい頃の彼は母親と食べていたんだったと思う。母親が他界してからは義弟とその母親と食べたこともあるようだけれど、居心地が悪くて続かなかったようだ。父親である前王がひとりで食事をしていたということもあって、ひとりで食事をとることにさほど抵抗はなかったみたいだ。でも子供ひとりで夕食っていうのもなあと思って、子供の頃は俺もここで食べさせてもらうようにしていた。俺も母親が他界していたし公爵家の息子というのもあってそれが許された。その頃は、椅子は三脚あったんだよな。でもエリアスがふざけていて壊したんだったか。背もたれの上から飛び降りて、着地に失敗して足首を捻挫《ねんざ》していたっけ。俺も前世で足を捻挫したり骨折したことが何度かあったものだから、医者みたいに彼の足を診察したら、すごく驚かれたたな。

十五を過ぎると、夜道が危ないし自分のことはいいから早く帰れとエリアスに拒まれるようになった。ちょうどその頃、俺の父が心臓の病気で調子を崩していたこともあったし、もう十五歳だしという思いもあって、頻繁にお相伴《しょうばん》に与《あず》かるのはやめた。でもいまでもたまに、仕事が遅くなったときなどは、こうしてふたりで食べたりもする。

昔を思いだしながらむかいあうようにすわると、侍従が夕食を運んできてくれた。

クラムチャウダーと鴨肉《かもにく》のソーセージを使ったホットドッグ。エリアスにだけワイン。俺は急性アルコール中毒で死んだという前世のトラウマがあるので酒は飲まない。

俺のクラムチャウダーはカップに入っており、エリアスのはスープ皿に入っている。エリアスはそれをスプーンですくって口に運んだ。

「こんな口だから、スープは難しい」

言われてみればたしかに、オオカミの口で人間のように上品に食べるのって難しいかも。

「でも陛下は上手に召し上がってますね」

「練習したんだ。最近ようやく慣れてきたが、油断すると口からこぼれるしむせそうになる」

そうか。俺はスプーンは使えないけれど両手で挟めれば問題ないので、スープはコップで飲める。ホットドッグというのも助かる。コックや侍従も、その辺りの配慮に慣れてきたなあと思う。

俺はホットドッグを頬張った。スパイスの効いたウインナーは太くて皮がパリッと焼けていて、嚙《か》み切ると肉汁がじゅわっと溢れた。肉汁が熱々で、はふはふしながら齧《かじ》りついていると、その様子をエリアスにじっと見つめられているのに気づいた。

目があうと、複雑そうな顔で言われた。

「なんだか……いやらしいな、その食べ方」

俺はむせそうになった。

「ど、どこが」

「いや……多分おまえは悪くない。連日おまえを抱いているせいかな。俺が勝手にいやらしい連想をした」

「………」

連想って……。

俺は首から上が真っ赤になった。

「おまえ、獣人の前でホットドッグを食べるなよ」

そんな指摘をされたら、俺だって次からきっといやらしい想像をしてしまう。他の獣人だけでなく、エリアスの前でももうホットドッグを食べられないよ……。

「そんなことを言って俺から食べられるものを奪うだなんて、ひどいですよ」

「悪い。いまのは聞かなかったことにしてくれ」

エリアスは笑ってスープを口に運ぶ。上手だけれど少々苦戦していて、スープが顎《あご》を滴《したた》り落ちていた。

「忌々《いまいま》しい口だな」

エリアスはナフキンで口元を拭いながら愚痴《ぐち》を吐く。

「これじゃ味わえないし、キスもできないし、まったく……」

俺は耳を疑った。

固まって、エリアスをじっと見つめる。

「なんだ」

「……キス？」

「ああ。この口ではキスなんてできないだろう」

エリアスが牙をむきだして見せる。

いや、うん。言っている意味はわかる。わかるんだけど。

そういうセリフが自然と出てくるってことは、そういう相手がいるってことじゃないのか。

たとえいまいなくても、経験していないと出てこなくないか？　すくなくとも俺だったら、口の変化で困ることの例えで、キスなんて出てこない。だって俺、キスしたことなんてないから。

俺は唾を飲み込み、恐る恐る尋ねた。

「エリアスは……キス、したこと、あるんですね？」

エリアスの動きがハタととまった。俺の目を見て、一秒、二秒。

「……あるな」

目を逸らせながら認めた。

わかる。この感じ、嘘じゃないぞ。

「いつ」

「いつだっていいだろう」

知らなかった。

エリアスはずっと俺とつるんでばかりで恋愛に興味がなさそうだったし、独身宣言するくらいだから、女性とつきあった経験なんてないと思っていた。実際、これまでそばで見てきたけれど、彼の周囲に女性の影なんてなかった。

二十六歳の健康な男性、それもイケメンの王だ。キスの一つや二つ経験済みで当たり前だし、ないほうが不自然だけれどさ。

なんか、エリアスのことならすべて知っている気になっていたからショックだ。

いまは毎日俺を抱いているくらいだし、そんな相手はいないだろうけれど、過去には俺に黙ってつきあっていた人がいたこともあったんだな……。

なんで教えてくれなかったんだろう。未経験の俺をかわいそうだと思って言えなかったのかな……。

「俺、ずっと……陛下とは童貞仲間というか、同志だと思っていたのに……経験あったんですね……」

「いや……」

「恋愛したほうがいいなんて、生意気言ってすみませんでした……」

俺は沈んだ気分で頭を下げた。

はあ。

エリアスの相手って、誰だったんだろうな。

俺がひそかにエリアスを想っているあいだ、エリアスはちゃんと青春を謳歌《おうか》していて……。

独身宣言なんてするから、恋愛に興味がないんだと勝手に思ってた。興味ないんじゃリナと恋仲に発展させるのも大変だろうと思っていたけれど、そんな心配必要なかったのかもな。

リナがよそ見さえしなければ、自然と結ばれるふたりなのかもな。

よけいな真似《まね》をしてエリアスを怒らせて、俺、なにやってるんだろうな。

なんで俺、好きな相手に他の女の子をくっつけようと必死になってるんだろうな。

本当はそんなことしたくないのに。ふたりが喋っているのを見ているだけでも嫌なのに。

なんで頑張ってるんだろう――って、元の姿に戻るためだけどさ。

それだけでもものすごくストレスなのに、ウサギの隊員たちに襲われるしラルフにも迫られるし、仕事はできないし、つきたくもない嘘をたくさんついて――。

いや、わかってる。いまは弱音を吐いている場合じゃない。とにかくみんなが元の姿に戻ることが一番平和でベストな道で、そこにむかって進むしかないんだ。そのルートがあることを知っているのは俺なんだから、俺が頑張るしかないんだ。

だけど。だけどさ――。

考えていたらどんどん気持ちが下降してきた。

どうして俺、こんなにエリアスが好きなんだろう。

報われないとわかっていながら、どうして諦めることができないんだろう。

いいかげん、他に目をむけたっていいんじゃないのかな。

俺に言い寄ってくれる男の貴族は、じつはけっこういるんだ。その誰かと恋をはじめたっていいじゃないか……。

そんなことできるわけないとわかっていても、そう思わずにはいられなくて。

「俺も……恋愛するかな……」

たぶんこのところのストレスで疲れていたんだろう、口にだすつもりはなかったのに、気づいたらそう言ってしまっていた。

「な、に」

とたんにエリアスがこわばった声をだした。

「おまえ……やっぱり、気になる相手がいるんだろう」

「え、いや……」

「でなきゃ、そんな言葉は出てこない。そうだろう？」

なんか、以前にも似たようなやりとりをしたような……。

「行くか」

エリアスがゆらりと立ちあがる。

なぜだろう。どうしてそんなに俺の気になる相手を気にするんだ。なんだかわからないけれどエリアスから妙な圧力が感じられて、怖くて訊けない。

その後は寝室に連れられ、以前よりもさらに執拗に、気になる相手について訊かれながら抱かれてしまった。

五

二週間も過ぎるとリナもだいぶ仕事に慣れてきた。

王宮での生活も慣れてきたようで、流行《はや》りの髪形にしたり、化粧をするようにもなっていた。

その日、俺は午後に早退する予定だったのだが、その時間にリナがいない。どこに行ったかなと執務室を出たら、廊下でラルフと談笑していた。

着々と攻略対象たちと接触しているなあ。

エリアスとは変な工作をしないと約束したけれど、他の攻略対象は関係ない。邪魔をしておこう。

「リナ。ちょっと来てくれるかな」

リナはすぐにこちらへ来て、ふたりで室内へ戻った。

念のため、あとでラルフと王弟に、リナはエリアスのお気に入りだから手をだすなと釘《くぎ》を刺しておこうか。

でもエリアスへの工作で失敗したように、逆にそういう工作が彼らやリナの気持ちに火をつけちゃったりしたらまずいしな。難しい。

ふしぎだな。

ここはゲームの世界のはず。

だけど、ゲームのように人をコントロールすることなんてできない。それぞれちゃんと心があって、いろんな考えを持って動いている。

リナだってもちろんそうだ。リナがエリアスと結ばれるのが一番だと俺は思っているけれど、リナにはリナの思いがあり、彼女にとって一番よりよい未来はべつの道かもしれない。

俺は未来の選択肢の可能性を知っているだけなんだよな。それを知っているからって生きやすいわけじゃない。大事な人に嘘をついたり隠しておかなきゃいけないことがあるって辛《つら》い。それがなくても人間関係の難しさなんて前世の頃と一緒だ。いや、ここは身分なんてものがある分、いろいろ面倒くさい。

「すみませんでした。ケイ様、お帰りになる時刻でしたね」

官僚を脇に立たせ、書類にサインをしていたエリアスがリナの言葉に反応する。

「ケイ、帰るのか」

「はい。甥《おい》っ子たちの面倒を見る約束なんです。春祭りなので」

今日は街でお祭りが催される日だった。甥たちは行きたがっているが姉はパンダの姿で街に出たくないということで、俺が請け負ったんだ。

「ケイひとりで、あのふたりの面倒を見るのか」

「ええ」

「ならば俺も行く」

「え」

エリアスは書類にサインを済ませ、官僚をさがらせた。

「あの人込みを想像してみろ。小さいふたりを連れて歩くのは大変だ」

「そうですが……身軽な王太子の頃とは違いますから、陛下も行くとなると各方面の調整が」

「そんなものは無用だ」

やはり、という思いから、俺は口を噤《つぐ》んだ。

エリアスがにやりと笑う。

「無論、護衛もいらない」

彼は行く気満々で立ちあがった。

「どうせこの顔では誰にも気づかれないだろう」

「陛下がオオカミに変身したことは、たぶん下々《しもじも》にも知られていると思いますが……」

「他にもオオカミになった者がいるだろう。見知った者じゃなければ区別などつかないさ」

まあそうかもしれないけれど。

戴冠式《たいかんしき》に参列したのは上流貴族が多かった。だから獣人であるエリアスが街を歩いたら、貴族と思われることはあるだろうけれど、まさか国王だとは思われないかもね。護衛がいなければなおさら。

「とにかくケイひとりで人込みに行くのは危ない。祭りには獣人になった者も行くだろう。俺に護衛をさせろ」

普通の臣下ならば、なにかあったときのことを考えて尻込《しりご》みし、どうにか理由を探して拒むだろう。

でも俺は頷《うなず》いた。

「わかりました。お願いいたします」

リナが意外そうに俺を見た。

うん、わかるよ。でもさ、エリアスだってお祭りに行きたいんだよ、きっと。

馬車に乗ってさらに周囲を護衛に守られて遠目に眺めるんじゃなくてさ、庶民に混じって歩いて、祭りの賑《にぎ》わいを肌で感じたいんだよ。

不安がないわけじゃないけれど、エリアスはその辺の護衛官よりずっと強いし。彼の判断を信じよう。

「ごめんリナ。きみも誘いたいけど、目立たないように少人数で行きたいから」

「あ、はい。だいじょうぶですわ。お気遣いありがとうございます」

こんなイベントこそリナとエリアスのふたりで行ってくれたらよかったんだろうけど。まあこの時期は毎週なにかしらお祭りがあるから、後日行ってもらおう。

リナに見送られ、俺たちは執務室を出た。

いったん支度のためにエリアスの部屋へ行き、彼は刺繍《ししゅう》がすくなめのシンプルな上着に着替えた。お忍びだから、身分が高く見えないものを選んだんだろう。でも、色がさ。水色なんだよね。

俺はその日、たまたま深緑色の上着を着ていた。

つまり、お互いの目の色なんだよね。

「エリアス。その色?」

「ああ」

「俺、深緑の上着なんですけど……」

エリアスがにやりとした。あ、わざとなんだ。

「嫌か」

「嫌じゃないですけど、こういうのって恋人や夫婦みたいじゃないですか」

「ますます王には見られないだろう」

そういう心算ね。

恋人みたいで俺はちょっと気恥ずかしいけど……。

それから俺たちは馬車に乗り、姉の屋敷へむかった。甥を連れて貴族の住居区を出、街に入ってから馬車を降りる。

街は賑やかで、活気に溢《あふ》れていた。

路上にはたくさんの露店が立ち並び、大道芸人がショーをしたり、音楽を奏でたりしている。街の円形広場前の特設ステージでは早着替え大会も行われていた。

「獣人、いないいな」

「ですね」

獣人は、俺たち以外ひとりもいない。例年ならば、貴族たちも街に繰りだして楽しむのに。みんな姉とおなじように、動物になった姿を庶民に見られたくないのかもしれないな。

物珍しさから周りの人が俺たちをじろじろ見るけれど、魔法のことは庶民にも知れ渡っているので怖がられたり騒がれることもない。

「ケイにーちゃん、あっち！」

「オオカミしゃん、あれなあに？」

子供たちの興味を引くものがあちこちにあり、興奮した子パンダたちが勝手に走りだす。それぞれ好き勝手なほうへ行くから俺は慌てた。

「わ、待って！」

エリアスがドーグを追うのを横目で確認しつつ、俺はナータンを追う。

ふたりとも無事に確保し、ほっと息をつく。エリアスについてきてもらってよかった。これはひとりじゃ手に負えなかったかも。

「迷子にならないように手を繋《つな》いでいこうな」

と言ったものの、子パンダたちは元の姿より小さくなったため、手を繋いで歩くことは難しい。ドーグは俺が小脇に抱え、ナータンはエリアスに肩車してもらった。

「ケイにーちゃんたちは？　おとなは、つながないの？」

「繋ぐ。迷子にならないようにな」

即答したのはエリアスだ。俺のウサギの手を握られた。

うわ……。

なんかもうこれ、本当に恋人みたいじゃないか……。

俺は内心照れつつ、言いわけのように子パンダに言った。

「俺たちも子供の頃、ここで迷子になったことがあるんだ。手を繋いでいなかったから」

エリアスがふっと笑う。

「そんなこともあったな」

あれは九歳の時の春祭りだ。お忍びで祭りに行きたいというエリアスにつきあって、ふたりきりで歩いてここまで来たんだ。そうしたら、人の波に呑《の》まれてはぐれてしまった。必死にエリアスを探してどうにか見つけたんだけれど、エリアスは帰り道がわからないと言って青ざめていたな。俺もさほど詳しくなかったけれど、その時はもう前世の記憶から大人の思

考力を持っていたし、街の全体像はおおよそ把握していたから、エリアスを元気づけながら歩いたっけ。エリアスと合流できてからは慌てなかったけれど、子供の足だったからとにかく疲れた。

「あの頃からケイは肝《きも》が据わっていたな」

「陛下はよくそうおっしゃるけれど、そんなことはないですよ。小心者です」

手を繋ぐぐらいでドキドキしている男の肝が据わっているはずがないよと言いたい。

「いいや。昔から俺がなにかを誘うと、他の者はみんな断る。危ない、無理だと言って。でもおまえだけは、いちどたりとも嫌がることなくすべてのことにつきあってくれた。俺の提案を全力で応援し、手伝ってくれた」

「陛下の提案を断る理由がなかったですからね」

悪事の誘いだったら断っただろうけれど、エリアスの誘いは、子供なら当然の好奇心によるものだったから。

「お忍びなんて危ないと近い者は言う。でもおまえは、王になる者ならば、子供のうちになにごとも経験するべきだと。もっとたくさん失敗も経験するべきだと俺をけしかけた。とんでもない子供だった」

前世の記憶があるもんだから、つい九歳らしからぬことを言っちゃったなあ。

「陛下を信じていただけです」

微笑《ほほえ》んで見あげると、優しいまなざしとぶつかった。

「あっ。ナータン、あれやりたい！」

エリアスに肩車されていたナータンが輪投げゲームをしている露店を指差す。

「よし。やろう」

子供たちだけでなく俺とエリアスもゲームに挑戦した。子供むけだけれど、俺もエリアスもこういうのに結構本気で挑んで楽しむほうだ。輪投げのあとは隣の露店で射的をし、それぞれ景品を貰《もら》った。他にもいくつか子供たちにゲームをさせ、駄菓子を買ってやり、大道芸人のショーを見ながらフィッシュアンドチップスを食べていたら、飛び入りで俺がショーに参加させられたりもした。

一通り遊んで、子供たちだけでなく俺たちも祭りの雰囲気を楽しみ、日が暮れてきたので帰ることにする。

馬車の停車場へ戻る途中、菓子店があった。マカロンを売っているいつもの店だ。

「マカロン、買っていきましょうか」

機嫌よく店へむかおうとしたら、エリアスにとめられた。

「いや……いい。いらない」

俺はちょっとびっくりしてエリアスの顔を見返してしまった。

いままで、マカロンをいらないと言われたことなんてなかったから。

遠慮してのことではなく、本気でほしくない感じだ。

「あ。そうですか」

俺は普通に返事をし、変わらぬ歩調で進んだ。でも内心は首を捻《ひね》っていた。

マカロンを渡すことで、俺の変わらぬ気持ちを伝えていたつもりだったし、エリアスもそれを承知していたと思うんだけど。どういうことかな。

まさか、俺の忠誠心はもう不要だとか思ってのことじゃないよな。

それとも以前マカロンを食べたときに味のことを言っていたけれど、単純に飽きたのかな。

「マカロン、飽きました？」

「そういうことじゃない。ただ、いまはほしくない」

うーん。深く考えることでもないのかな。

「ん、どうしたドーグ。ああ、痛いか。ごめん」

小脇に抱えるドーグがじたばたもがいたのでそちらに気をとられたとき、エリアスが思いだしたように言った。

「昨日、リナと話したぞ」

刹那《せつな》、俺の耳に全神経が集中した。

「そう、ですか」

「たしかに、いい子だな」

その言い方には、優しい響きを感じた。

エリアスは基本、他人を否定しないし優しい評価をする人だ。でも彼が女性を評価するのは聞いたことがなかった。

なんだか胸がもやもやした。

本当なら、もっとテンションあげて絶賛してくれよと思ってもいいんだ。ふたりには結ばれてもらいたいんだから、好意的な意見が彼の口から出たことをもっと喜んでもいいんだ。

でも、やっぱり俺はエリアスが好きだから、彼がちょっと女性を褒めただけでも嫉妬心《しっとしん》が疼《うず》いてしまう。リナが来てからというもの、俺の胸はもやもやしっぱなしだ。

だめだな。

諦《あきら》めてる、覚悟はできてるって散々言っているけれど、やっぱり俺、弱いな。

「それはよかったです」

落ち込んだ顔は見せられないので、俺は気持ちに蓋《ふた》をし、笑顔をとり繕《つくろ》った。その後は子パンダたちと戯《たわむ》れることで乗りきった。

馬車で姉の屋敷へむかい、子パンダたちを無事に引き渡すと、俺はエリアスに尋ねた。

「このあと、どうしますか」

まだ日暮れだ。何時に帰ってもどうせ誰かに小言を食らうのだから、もうすこし遊んでもいいと思う。

エリアスがちょっと考えて言う。

「ケイの家へ行ってもいいか」

「うちですか。変わり映えないですよ」

ということで我が屋敷へ王を招待することになった。

うちは王宮と川を隔てた隣にあり、公爵《こうしゃく》家なのでそれなりに屋敷も庭も広い。父の趣味で庭には幾種ものバラを植えており、いまが見頃だった。連れてくるにはちょうどよい時期だったかもしれない。

庭を案内し、その後屋敷へ移動する。

突然王が来たものだから、メイドたちは大慌てだった。でも俺たちが庭を散策しているあいだにフルスピードで夕食の支度をし、室内へ入ったときにはそれを感じさせない落ち着いた気品を持って対応してくれた。うちのメイドたちは優秀だ。

ちょうど父も帰宅したので三人で夕食をとり、その後、俺とエリアスは二階にある俺の部屋へ移動した。

「ここへ来るのも久しぶりだな」

「そうですね。三年、いや四年ぐらいかな」

子供の頃は度々遊びに来ていたんだけれど、俺が出仕するようになってからはあまり来なくなっていた。王宮で毎日顔をあわせているからね。

室内はベッドに机、長椅子《ながいす》に本棚。それと飾り棚が一つ。飾られているのは子供の頃にエリアスから貰った石ころから最近贈られた銀製の鐘など、エリアスからの贈り物が大半だ。本棚はぎっしりだし机の上もたくさん書類が積んである。俺は書類の整理は好きだけど、それ以外の整理整頓《せいとん》や掃除は苦手だ。でも俺の部屋がそれなりに片付いているのは完全にメイドのお陰だ。

「本当に変わりないな」

「ええ。まったく変わってないです」

「ん……これはなんだ」

エリアスが飾り棚に置かれた麻紐《あさひも》を指差した。

「それは、三年前に参加した御柱祭《おんばしらさい》で使った紐です」

この国には四年にいちど催される御柱祭というものがある。日本にも御柱祭があるが、それとは異なり、切りだした大木の上を参加者たちが二人三脚で歩いて渡るというものだ。落ちずに渡り切れば今後四年間は無病息災。タイムも競い、優勝者には賞金が出る。それが終わると大木を山車《だし》にのせ、王宮の周囲を曳《ひ》きまわすという、由来がいまいち不明な謎の祭りだ。

二十歳《はたち》から参加できるので、俺たちは三年前に開催された時に初参加した。

「足を結ぶのに使った紐か。とっておいたのか」

「ええ。記念ですし。ご利益《りやく》があるかもと思って」

「あれは面白かったな」

「燃えましたね」

俺とエリアスでペアになって渡ったんだけれど、大木は枝を切っていない状態だから後半が相当難しい。幹も滑りやすくて、落ちそうになることの連続だった。でも互いに力をあわせて無事に渡りきったんだ。タイムは優勝者に遠く及ばなかったけれど、あれは本当に楽しかった。最後に山車を曳くのも、みんな妙に熱狂していて面白かった。俺もエリアスもあのときはたくさん笑ったな。

麻紐は、ふたりの足を結び、力をあわせて頑張った思い出の品だ。粗末なものだが俺にとっては一生の宝物だ。

「次は来年だな。また一緒に参加しよう」

「ぜひ。俺、いまから特訓しておきます」

俺は笑いながら掃きだし窓を開け、テラスへと彼を誘った。

辺りは陽が落ちて暗くなり、空には細い月がほのかに光っていた。

「おまえは変わらないな」

テラスの柵《さく》にもたれながら、彼がしみじみと言った。

「いまも昔も変わらず、ふしぎな男だ」

「ふしぎですか？　そうかな。いったいどの辺が」

「子供の頃から大人びていて、知識量が尋常でなくて、とくに他国の文化に学者よりも精通していて。思慮深くて大人相手に対等に議論もできたし、子供心にこいつには届かないと思っていた。いまも、俺の知らないどこか遠くを見ているように思える」

本当はただの凡庸な男でしかないんだけど、前世の記憶で下駄履いていたからね。十で神童十五で才子二十過ぎればただの人、とはいまの俺のことだな。

俺は苦笑して返した。

「届かないなんて。俺は子供の頃から成長していないんです。エリアスはぐんぐん成長して、あっという間に俺を追い抜いていったと感じていましたよ」

エリアスが俺を見下ろす。それからふいに庭のほうへ顔をむけた。

「いつだったか……やっと届いたと思ったんだがな……」

その表情は影になっていて見えない。エリアスはひそやかに息をつくと、俺に目を戻した。

「まあ、なんだ。いまの俺がいるのはおまえのお陰ということだ」

急に雑なまとめになり、俺は笑った。

「なんです、それ」

「俺の改革の原案は、ほとんどがおまえの話から着想したものだからな」

改革。そう、この人は数えきれないほどの改革をしてきた。

エリアスはゲームでは真面目《まじめ》で誠実なキャラだと説明されていた。でも王宮内での評判は、破天荒な革命家、なんだ。

彼は王太子としての自覚が芽生えた頃からどんどん政治に口をだしていって、変革を実現してきた。

独身宣言についても、破天荒キャラ故《ゆえ》と周囲には認識されているだろう。

破天荒という言葉からは、本来の意味を逸脱して、豪快で大胆、そしてちょっと不真面目というニュアンスも感じとれる。

でも、この世界の人から見たら突飛《とっぴ》と思える改革案は、俺が話す日本の話を彼が素直に傾聴し、真摯《しんし》に国のためを思って考えた結果なんだ。ゲームの説明通り、本当の彼は真面目で誠実な男なんだけど、ちょっと誤解されている面がある。

ゲームをしていた頃は、エリアスが周囲に誤解されているなんて知らなかった。

誤解されていると本人もわかっているのに、誤解を解くことができない。

不器用なんだよね。

めちゃくちゃ有能で格好いいのに、自己表現がちょっと下手《へた》っていうか。そして誤解を受けていることに人知れず傷ついていたりして。そんなところに惹《ひ》かれる。前世の頃より、この人の内面も背景もより深く知ってしまったから、ずっと、強く、好きだと思う。支えたいと思う。

「お役に立てて光栄です。俺は陛下にずっとついていきますので」

ちょっと茶化した調子で本音を告げた。

今後、エリアスがリナと結ばれようと、どうなろうと、この人のそばにいる。そう決めてるんだ。

エリアスがかすかに微笑んで俺を見て、それから月を眺める。銀色の毛並みが月明かりに輝いて幻想的なほどに綺麗《きれい》だ。

その横顔はリラックスした様子で、俺はこぶしを握り締めた。チャンスだ。

以前、キスしたことがあるとエリアスは話していた。そのことが俺は頭から離れなくて、訊《き》く機会をずっと窺《うかが》っていたんだ。

あの時、俺は勝手に過去の話だと決めつけてしまったけれど、きちんと本人の口から聞いておきたい。いまなら訊けそうな気がした。

「あの……訊いてもいいですか」

夜風に乗せてそっと尋ねる。

「以前、キスをしたことがあると言っていましたね」

エリアスの顔が静かにこちらをむいた。

「そのキスした相手との仲は……終わったんですよね？」

深緑の瞳と視線が絡《から》む。

夜風が、オオカミの銀色の毛をさわさわと揺らす。

彼は口を開き、ためらうように閉ざした。それから息をつきながら、ひそやかに言った。

「……終わってない。はじまってもいないから」

月明かりの下で見る彼の瞳はどこか悲しげで、傷ついているように見えた。

「いいかげん諦めるべきだとわかってる。だが……想い続けちゃいけないこともないだろう」

初めて知った彼の想いに、息がとまった。そして引き裂かれるような強い痛みを胸に覚えた。

過去の恋愛話じゃなかった。エリアスはいま、現在進行形で好きな人がいるんだ……。

それも、片想い……なのか……。

終わってもはじまってもいない、諦めるべき相手ということは、そういうことだろう。

俺はなににショックを受けているのだろう。どう転んでも、エリアスの気持ちが俺に傾くことはない。期待などしたことはなかったはずなのに。

でも俺はいま、エリアスに抱かれているから。

この人は好きな人がいるのに、俺を抱いていたのか。他の相手を想いながら、俺を抱いていたのか。

裂けた胸から血がしたたり落ち、身体《からだ》が干からびるようだった。胸の痛みに堪《こら》えるようにテラスの手すりを強く握りしめた。

「諦めず……想い続けるんですか……」

「だめか？」

「……辛く、ないですか」

「諦められないんだからしかたがない」

俺の気遣いを拒むようにきっぱりとした声が返ってきた。

「これほど相手にされていないのにな……滑稽なことだな」

抑えた声が自嘲《じちょう》気味に語る。それがよけいに想いの強さを表しているようで、聞いているこちらの胸が痛んだ。

訊くんじゃなかった。

衝撃が強すぎて、俺はいま自分の立ち位置を完全に見失っている。

俺はエリアスが好きだけど、エリアスにはリナと結ばれてもらわねば困る。でもエリアスには好きな人がいる。にもかかわらず俺を抱いている。

どういう状況だよ、これ……。

気持ちの整理がつかない。

今後、魔法を解くためにどう行動していったらいいのか。頭がこんがらがって作戦を立てるどころじゃない。

エリアスが真面目な顔で俺を見下ろした。

「……風が出てきたな」

たしかにすこし冷えてきた。

俺たちは室内に戻った。でも俺はまだ動揺が収まらない。

「温かいお茶でも用意しましょうか」

そのつもりで扉のほうへ歩きだしたら、腕を引かれた。

「いや、いい」

そのままベッドに仰向《あおむ》けに押し倒された。

エリアスが馬乗りになり、俺の両手をベッドに柔らかく縫いつける。そして真上から俺を見下ろしてきた。

「今日はここで抱いてもいいか」

問いかけてくるその瞳は熱を帯び、色っぽく俺を誘った。

「ここで……ですか」

この部屋には鍵《かぎ》がかからない。屋敷内には父も、馴染《なじ》みのメイドたちもいる。

躊躇《ちゅうちょ》したけれど、俺は承諾した。

「はい……。でも、あの」

「なんだ」

好きな人がいるのに、俺を抱くの？

質問が口から出かかったが、これまで散々抱かれてきて、そんなことを訊くのもいまさらだった。なんでもないと首を振る。

エリアスが顔を寄せてきた。唇に触れるかと思ったが、そうはせず、ウサ耳を甘噛《あまが》みし、首筋に舌を這《は》わせる。そうしながら俺の上着のボタンを外していく。

ベストもブラウスもボタンを外すと、それ以上脱がせることはせず、胸元を愛撫《あいぶ》する。

「……っ」

動揺している心とは裏腹に、身体は素直に反応した。

もう、俺の身体はどこをさわられても感じるようになっている。胸の突起を舐《な》められ、指先で弄《いじ》られ、それだけで下腹部が快感で波立った。

俺の身体の変化に、エリアスは目ざとく気づき、ズボンの上からやんわりと前に触れた。

「相変わらず早いな」

「……っ、ウサギだから、しかたないんです……っ」

エリアスがからかうように前を弄《いじ》る。しばらくはそれだけが続いた。服越しに穏やかな快感しか与えられない。そのじれったいやり方に俺は身もだえしてねだった。

「ね……、お願い……っ、エリアスの……挿《い》れて……っ」

これほど直截的《ちょくさい》に、後ろへの挿入を求めたのは初めてかもしれない。恥ずかしいなどと言っている余裕はなかった。

即座にエリアスが無言で動いた。俺のズボンと下着と靴をまとめて脱がせると、脚を大きく開かせた。そして入り口を舐め、唾液を奥へ送り込むように指を挿れてくる。

「ん、ん……っ」

ぐちゅぐちゅと湿った音を響かせながら指を抜き差しされると、快感で身体が一気に熱くなった。それだけでもとても気持ちがいいけれど、もっと逞《たくま》しいものがほしかった。

「あ、あ……っ、もう、いいから……っ、早く……っ」

「まだ、早いだろう」

「平気……だから、お願い……っ」

「まだだ。もうすこし」

エリアスは指を増やしてじっくりとそこをほぐしてから、ようやく自分の猛《たけ》りをとりだした。そこからはじらすことなく、一気に俺の中へ挿れた。

「ああ……！」

快感が背筋を突き抜ける。エリアスは初めから激しい注挿《ちゅうそう》を開始した。腰を強く打ちつけられ、彼の張りだした部分が、奥のいいところを激しく擦《こす》りあげる。立て続けに攻められて、顎があがり、身体がのけぞり、下肢ががくがく震えてしまう。

「ん、や……っ、そこ、だめ……あ、あ……っ」

「だめ、じゃないよな……こう、か……？」

「あ、ああ……っ」

怒濤《どとう》のように強烈な快感が押し寄せてきて、脳も腰も甘く痺《しび》れてたまらない。声も抑えることができない。自室で行為に及んでいるということも、きっと興奮を高めている。

エリアスが互いの胸が擦れあうほどに上体を倒した。それにより、俺の前が彼の下腹部で擦れた。激しい快感で前も後ろもぐちょぐちょに蕩《とろ》ける。

一度目の絶頂はすぐそこだった。身体の熱が最高潮に高まり、つま先にまで快感が満ちている。風船を針でつつくように、あとすこしの刺激で弾《はじ》ける。

「……あ、……もう……っ」

もう達《い》く。そう告げようとした、次の瞬間。

「ケイ様」

扉をノックする音。古参のメイドの声。

エリアスがピタリと静止した。緊張が走る。俺はとっさに口を覆った。いま声を発したら、変な声が出そうだった。

「ケイ様?」

もう一度呼ばれる。やばい。このまま黙っていたら部屋を覗《のぞ》かれる。こんなあられもない姿を見られてしまう。

「どうした」

俺の代わりにエリアスが答えた。扉のむこうからメイドが言う。

「旦那《だんな》様から、陛下にご酒をと言い渡されて参りました」

「いま、とても大事な話をしているところだ。悪いが下がってくれ」

「かしこまりました」

メイドの足音が遠ざかる。

じっと動かず沈黙していた俺たちは、足音が聞こえなくなると、ふたり同時に大きく息をついた。

ああ、緊張した……。

「この部屋はたしか、鍵がかからないんだったな」

「ええ。危なかったです……」

「気が散ったな。続けられるか」

エリアスが腰をゆっくりと動かす。彼の猛りは硬度を保ったままだ。

「う……ん……っ」

動かされたら、俺のそこもまた素早く熱をとり戻した。エリアスの律動が徐々に加速し、まもなく先ほどとおなじほどに身体が快感に満ちる。自らも腰を振るい、積極的に快楽を求める。つかの間のトラブルなど忘れ、俺は高みまで駆け抜けた。

「――っ」

達ったあと、身体の熱が急速に収まるとともに現実に引き戻される。

エリアスには好きな人がいるということで再び頭の中がいっぱいになる。

エリアスから俺に対する独占欲や嫉妬を感じたこともあったけれど、あれはやっぱり勘違いだったんだ。

当たり前だ……。俺は男なんだから。親友なんだから。

エリアスは、どんな気持ちで俺を抱いているんだろう。

俺も片想いの人がいるわけだが、好きな人とじゃなきゃこんなことはしたくない。魔法のせいで異常な性欲になってしまったけれど、それでもエリアス以外の誰かに身をゆだねる気にはなれない。逆に、友だちが俺みたいな状況になって困っていたとしても、たぶん俺は助けてあげられない。娼館《しょうかん》に行くことを勧めるだろう。

でもエリアスは、俺を抱く。心と身体は別物だと割りきっているのかな。

価値観の相違だと思うと、それがさらにむなしさを助長し、やりきれない気分になった。

もう一度俺を抱くと、エリアスは馬車に乗って王宮へ帰っていった。俺はそれを見送りながら心の中で、それでも好きだと呟いた。

六

俺はその日、王宮内をひたすら走っていた。

なんでって、追手から逃げるためだ。

思えば今日は朝からついていなかった。

寝坊をし、起きた時には父はすでに出仕していた。父もメイドも今日の俺は休日だと思ったらしい。急いで王宮へむかい、エリアスの居室へ行こうとしたら、その途中でラルフと王弟に出くわした。

ふたりは鼻をひくつかせ、俺の身体から発情している匂《にお》いがすると言ってきた。間違いなく発情していると断言し、そして俺たちと楽しもうと迫ってきたんだ。

とぼけようとしたけれど、ふたりは余裕がなく、本気の目をしていた。これは言ってわかってもらえる感じじゃないと悟り、俺はまさに脱兎《だっと》のごとく逃げた。

どうにか撒《ま》いたと思ったら、今度はウサギの近衛《このえ》隊員たちと遭遇した。

最近、彼らの姿を見かけることは減っていた。エリアスが軍部の人間と近衛隊員を入れ替えるよう采配《さいはい》したので、俺やエリアスの周囲には、人間の姿の者や、いても俺ぐらいのレベルの獣人ばかりになっていた。それもあって、なんとなく油断していたかもしれない。続けざまに彼らにも襲われると思わなくて、逃げるのがちょっと遅れた。数人がかりで押さえ込まれそうになったが、上着を引き換えにどうにか逃げだした。

そうして追いかけっこを続けたんだ。エリアスの元へたどり着けば彼らも諦めると思ったけれど、執務室の前にもエリアスの居室の前にも待ち構えるウサギがいて、近づけない。

家に帰れば襲われずにすむけど、エリアスに抱いてもらわないと俺の性欲が耐えられなくなる。

もう本当にどうしようと泣きたくなりながら廊下を走っていたら、前方の扉からリナが出てきた。

「リナ！」

「え、ケイ様？」

「ちょっとかくまって！」

リナがたったいま出てきた部屋に、リナを押し込むようにして一緒に入った。

廊下を走り去る足音が扉越しに聞こえ、通り過ぎる。どうにか撒けたようだとほっとして改めて室内に目をむけると、そこは長椅子が一台置いてあるだけの空き部屋だった。

「きみ……ここでなにしてたの？」

リナの部屋ではないし、他の人の部屋でもない。部屋には他に誰もいない。

こういう空き部屋って、逢引《あいび》きに利用されることがたまにあるらしいんだけど……まさかリナがそういう目的で使うとも思えない。けど……。

「それは、いえ、あの……」

リナは俺の質問にうろたえている。まじか。

「もしかして、誰かに呼びだされたの？」

俺から目を逸《そ》らしているリナの顔は赤い。

くっそ。どこの誰だよ、リナを誘ったやつ。リナはエリアスと結ばれるんだから手をだすなよ。

「きみね。陛下と俺以外の男の呼びだしは無視していいんだよ」

優しい笑顔を作って言ったつもりだが、ちょっと頬が引きつっていたかもしれない。

「は、はい。ところでケイ様はいったいどうなさったのですか」

「あー、それが、なんだか俺にもよくわからないんだけど……」

俺は扉を開け、ウサギの姿がないのを確認して廊下に出た。するとエリアスとばったり出会った。

「ケイ？」

エリアスは俺を見て、その後ろにいるリナに目を移した。そして眉間を寄せて再び俺に視線を戻す。

「どういうことだ」

うわ。これって俺たちが逢引きしてたと思われそうなシチュエーションじゃないか。

「それに、その格好《かっこう》は……」

俺は上着を着ていないし、ベストのボタンを引きちぎられている。

「今朝は来ないから心配していた。説明してくれ」

誤解されるのはよろしくない。俺はいいけど、リナが誤解されるのはまずい。よけいな心配をかけたくなかったが、俺はラルフと王弟に迫られて逃げ、そのあと近衛隊員たちに襲われて逃げていたところをリナに助けてもらったと正直に話した。

エリアスが振り返り、背後にいる者を睨む。そこにはラルフが立っていた。

「おまえもか」

「ええと、迫るというか、ちょっと誘ったりもしましたけれども、俺は無理強《じ》いしたり乱暴はしていませんよ」

いや……。結果的にそうなっただけで、俺が逃げるのが一歩でも遅かったら絶対無理強いしていたと思うぞ、あれは。

「今後おなじ真似《まね》をしたら、懲戒《ちょうかい》免職にする」

氷のような冷たさで、切り捨てるようにエリアスが告げた。

彼の本気の怒りを感じ、傍《そば》で聞いていた俺まで背筋がぞくりとした。

エリアスは俺を促して居室へむかった。ラルフも本日の警護担当らしく、すこし距離を置いてついてきて、部屋の前の廊下に立った。

エリアスが先に部屋へ入り、続いて入った俺は扉を閉めた。その場でエリアスが俺を改めて見下ろし、怒った顔をして深くため息をついた。

「いったい何度襲われたら気が済むんだ」

そう言われましても……。

「これだから、泊まっていけといつも言っているんだ。俺のそばから離れるなと。それを拒むなら、もっと気をつけてくれ。心配でかなわない」

「すみません……」

「しかし妙だな。今日はとくに匂いが……。おまえ、獣人を惹《ひ》きつける力が増してないか？」

「俺にはわからないですけれど」

普通の人間だってバイオリズムってものがあると言うし、妙なフェロモンが強く出る日もあるのかもしれない。

よくわからないけれど、今日のみんなの態度を見ると、そうなのかなとも思う。

「それで。今日はどうする。怖い思いをした直後だし、そういう気分にはならないか？」

怒った顔をしながらもエリアスが気遣うように尋ねる。うかつにさわろうとしないのは、怖がらせないようにとでも考えているのか。たしかに普通の女子なら何度も襲われそうになったら怯《おび》えるよな。

でも、襲ってきたのはウサギだし、そこまで恐怖は覚えなかった。

俺の身体はそんなに繊細じゃないらしい。エリアスの顔を見て安堵《あんど》したとたんに欲望が首をもたげていた。

「それが。いますぐほしくて……」

ねだるのはいまだに恥ずかしくて慣れない。うつむいてそう言ったら、優しく抱擁された。

彼の匂いに包まれて幸福感を覚えると同時に、欲望が急速に膨れだす。

「いますぐでいいのか？　なにか飲んで、落ち着いてからでも」

優しく言ってくれるけど、俺は首を振った。落ち着いてなんていられない。いますぐほしい。

「じゃあ、後ろをむいて。手を前についいて」

言われた通り俺は扉のほうをむき、そこに手をついた。

すると腰を突きだすような格好をさせられ、ズボンと下着を降ろされる。

エリアスが椅子を持ってきて、俺の真後ろにすわった。

すごく、入り口を見られているのがわかり、羞恥で頭がのぼせそうになる。

「ここはさわられてないな」

言いながら、入り口に指で触れられた。

「は、い……」

エリアスがほっとしたように息をつく。そして舌と指でそこを念入りにほぐすと、立ちあがり、猛りをあてがった。

「え、あ……、ま、待って」

俺は慌ててとめた。

いまさら気づいたが、ここで事に及んだら、廊下にいるラルフに聞こえるんじゃないか。

「あの、できれば寝室で」

「いや。ここでする」

断固とした意志を持って、猛りを埋め込まれた。

「あ、ん……っ、でも、ここじゃ……ばれちゃう……っ」

「もうばれてる」

律動がはじまる。突き入れられるたびに、手をついている扉がガタガタと揺れる。

「あ、……っ、あ、ああ……っ」

初めから激しくされ、思わず嬌声《きょうせい》をあげた。慌てて唇を噛みしめたがもう遅い。きっとラルフに聞かれた。扉の音と嬌声のセットじゃ、決定的だ。

「な、なんで……っ、……」

「ケイの自覚が足りないから。こうやってラルフに知らしめるよりないだろう。俺たちがこういう仲だと」

「そんな……」

「嫌か？　じゃあ、ラルフに襲われたいのか？　性欲を満たしてくれるなら誰でもいいのか？」

「ま、まさかっ」

冗談じゃない。腰を穿《うが》たれながら、俺は必死に首を振った。

「誰でもいいわけ、ない……っ、……っ、エリアスがいい……エリアスじゃなきゃ……」

「……俺、じゃなきゃ……？」

エリアスが腰の動きを緩めて訊き返してきた。

「俺じゃなきゃ、嫌なのか……？」

「あ、ん……っ」

「教えてくれ、ケイ。俺がいいのは、どうして……？」

熱っぽく、それでいてひどく真剣な声が背後から届く。ただの疑問ではなく、まるで好きだと答えてほしいように聞こえてしまう。そんなわけはないのに、勘違いして答えたくなる。

エリアスがいいのは、もちろん好きだからだ、と。

快感に浮かされた頭でぼんやりと思い、告げたい衝動にかられる。

好きだ。

エリアスが好きだ。

エリアスにしか抱かれたくない。

奥を突かれるたびにその思いが胸に溢れだし、堪えきれなくなる。しかしとても声に乗せる勇気はなかった。

好きだなんて、言えるわけない。

エリアスには好きな人がいる。そのうえリナと結ばれる未来が待っている。

だいたい、親友だと思っていた相手から告白されて喜ぶ奴がどこにいる。百パーセント困らせるだけだ。そして関係がぎくしゃくして疎遠になる。

俺はずっとエリアスのそばにいたいんだから、絶対に言っちゃだめだ。

エリアスは俺をとても大事にしてくれる。いまも怒った顔をしながらも、襲われた俺を心配してくれている。だからそれが嬉しくて、勘違いしたくなる。好きだと打ち明けたくなる。

でも、俺が好きなわけじゃない。こうして抱いてくれるのも、俺の性欲のため。彼自身も俺ほどじゃないけれど困っているようだから、ちょうど利害が一致しただけってことなんだ。

だから言っちゃいけない。

「ケイ……っ」

エリアスが俺の名を呼ぶ。そんなはずはないのに、本気で求められているような気がしてしまい、切なくなる。

「ケイ……」

また、名を呼ばれる。俺の気持ちと同調したように切なげに。そんな風に呼ばれたら、好きだと告げたくなるからやめてほしい。耐えきれず、俺が腰をくねらせたら、緩やかだった律動が再び速まってきて、快感が増幅した。下腹部から足にかけて甘く痺れ、立っているのが辛くなってくる。

「エリアス……、むき、変えさせて……っ」

俺は身体をよじり、快感にかすれた声で頼んだ。

「抱きあって、達きたい……っ」

俺の求めにエリアスはすぐに応じた。猛りをいったん引き抜くと、俺を抱えて長椅子に連れていき、そこで抱きあう格好で身体を繋げた。

「あ、あ……っ」

彼の首に腕をまわして縋《すが》りつくと、彼も強く俺を抱きしめてくれた。

こうして抱きあって身体を繋げていると、まるで本物の恋人同士になったような錯覚に陥る。

「ん、あ……っ」

突きあげられ、彼の首にまわす手に力を込めた。快楽以外のことは考えられなくなる。オオカミの毛を摑み、夢中で快感を追いかける。

「――っ！」

まもなく快感が頂点まで高まって、身体を揺すられながら達った。エリアスも中から引き抜き、俺の腹の上で達くと、身を離した。

いつも、終わるとすぐに、こうなんだ……。

こうしてすぐに身体を離されると、気持ちの伴わない、身体だけの関係なんだと思い知らされている気がする。

俺はいま、大好きな人に毎日抱かれている。本来ならそんなことはあり得ないことで、魔法に感謝してもいいくらいラッキーなことのはずだ。

でも、心はまったく満たされない。

俺は知らなかった。気持ちの伴わないセックスが、これほどむなしいものだって。

すこし前までは元の姿に戻らなくてもいいのかもしれないという思いがよぎる時があった。獣人のままならば、こうしてエリアスに抱かれることができる。元に戻ったらこんなことはなくなる。そう思ったけれど、やっぱり気持ちが伴わないセックスはむなしいだけで、終わったあとによけい悲しい気分になるだけだと気づいた。

「ケイ。答えてくれ」

呼吸が落ち着いてから、エリアスが尋ねてくる。

「俺以外とは抱きあえない理由を」

抱かれている時は危なかった。けれど呼吸を落ち着かせたいまの俺は冷静さをとり戻していた。

「だって、乱交は性《しょう》にあわないですから」

いつものあいまいな笑みを浮かべ、軽口のように答えた。

「たしかにな」

エリアスはなぜか落胆したように顔を背け、身支度にむかった。

エリアスがどんな意図で訊いてきたのかわからない。でも、俺の答えは間違っていないはずだ。

俺たちは恋人じゃないし、恋人になることなどあり得ない。

近いうちにエリアスとリナは結ばれる。なにがなんでも結ばれてもらう。

彼の好きな人が誰かということも、落ち込むだけだから知ろうとするな。

よけいなことは考えず、元に戻ることだけを考えるんだ。

執務室へ戻ると、リナがひとりで待っていた。

「どちらへ行かれていたんですか」

「陛下の部屋に。ベストを借りたんだ」

「陛下の？」

俺のベストはボタンを引きちぎられていて、そのままでは見苦しいのでエリアスがベストを貸してくれた。彼のサイズだからぶかぶかだ。

王のベストを借りるなんて、臣下としてちょっとあり得ないよなあと思う。それにベストを借りただけにしては不在の時間が長すぎる。

リナはなにか言いたそうな目つきをしていたが、それ以上突っ込んでこなかった。

俺とエリアスが身体の関係を持っていることは、リナには決して知られないようにしないといけない。でないとリナがエリアスに惹かれる機会を逃しそうだ。でもいずればれそうな予感。これだけ頻繁に抱かれてるんだもんな。

不安を覚え、俺は仕事にとりかかりつつ今後のことを考えた。

魔法を解くために俺ができることと言えば、できるかぎりエリアスとリナの邪魔をしないことだ。それしかない。

エリアスの好きな人については、これは俺にはどうしようもない。

いや、手がないわけじゃない。片想いの相手が誰か探って、その人に、エリアスをこっぴどく振ってもらうように頼むんだ。未練なんか微塵《みじん》もなくなるほど残酷な振り方をしてもらう。そしてその傷をリナに癒させる、とか。

でもなあ。エリアスのことだから、俺が一枚噛んでるって気づいちゃうだろうな。俺もそういうの、うまくないし。俺はよけいなことをしないほうがいい。となるとリナに頑張ってもらうしかないんだ。リナの魅力に気づいてもらって、片想いの相手への気持ちを吹っきってもらうしかない。

ああ、せっかく未来のことを知っているのに、うまく立ちまわることもできない。見守ることしかできないなんて、自分の無能さが情けない。

そんなことをつらつら考えているうちに夕方になった。

また、抱かれる時間だ。

思わず出かかったため息を、俺は呑み込んだ。

今日の仕事は終了ということでエリアスが立ちあがり、俺もその後に続いて執務室を出ようとしたら、そんな俺たちをじっと見つめるリナと目があった。

「おふたりで、これからまた陛下のお部屋へ？」

「そう、だけど」

疑われているだろうか。

疑わずとも、ふしぎには思われていそうだ。毎晩毎晩、ふたりでなにしてるんだろう、と……。

「毎日、本当に仲がよろしいんですわね」

仲を疑われているわけではなさそうな、邪気のないにっこりとした笑顔をむけられ、俺は後ろめたい気持ちで胸が重くなった。

仕事を終えたあとの、雑談しやすい時間を俺が奪っている。誰よりもふたりの邪魔をしているのって、俺だ。

わかってるんだけど、でも性欲がそろそろ耐えられなくなるんだよ……。

口にはだせない言いわけを心の中で思いながら部屋を出る。抱かれたいような抱かれたくないような、複雑な気持ちを抱えながらエリアスの寝室へ行き、服を脱がされて、後ろから貫かれる。

エリアスは俺を抱くとき、後ろからすることが多い。わけを訊いたら、オオカミの顔を見るのが嫌だろうから、という彼らしい気遣いの答えが返ってきたが、果たしてそれだけか。

エリアス自身が俺の顔を見たくないせいかもと思ったりもする。俺を抱いていると思ったら萎えるだろうけれど、背中からなら女性を抱いている気分になれるから、なんて卑屈なことを考えて惨《みじ》めな気分になる。

好きな人に抱かれているのに、どうしてこんなに悲しい気分にならなきゃいけないのか。

エリアスには本当に幸せになってほしいから、リナと結ばれてほしいと本気で思っているのに、自分が邪魔をして、なにをやっているんだろう。

いろいろ思えば思うほど、悲しくてむなしくて。

どうして俺は、エリアスを好きになっちゃったんだろう。諦められないんだろう。と、これまで何百回も思った思考に結局帰結する。

早く、エリアスとリナに結ばれてもらい、魔法が解けるといい。そうしてこの不毛な関係から早く解放されたい。

この時は、本気でそう思っていた。

ラルフやウサギたちに追いかけられて以来ここ数日、できるだけ俺はエリアスのそばから離れないようにしていた。

でも、用を足したくなったときは別だ。まさか王に連れションしてもらう図々《ずうずう》しさはなく、ひとりでトイレへむかった。俺の手でも使えるベルトを締めているので、手伝ってもらう必要もない。トイレまでは遠いけれども襲われることもなく、無事に執務室へ戻ったら、部屋の扉がすこし開いていた。

近衛隊員はすこし離れたところに立っていて、開いていることに気づいていないようだ。近づくと、中から声が聞こえた。

「好きになってしまったんです」

リナの声だ。扉を開けようとした手がとまった。

「初めて会ったときは緊張してきちんと喋《しゃべ》ることもできませんでしたし、いまもそうです。でも、人知れず孤独を背負っている姿を見て、私にもお手伝いできることがあればと」

そこまで聞いたとき、近衛隊員がふしぎそうに俺に声をかけた。

「どうなさいました?」

「あ、いや」

俺は動揺して扉から離れ、逃げるように廊下を歩きだした。

いまのって、リナが告白していたんだよな。

人知れず孤独を背負っているって、エリアスのことだものな。

室内にいたのは、当然エリアスだ。近衛隊員が立っていたのだからいないはずはないし、俺がトイレに行く前はリナとエリアスのふたりきりだった。

ついに、リナがエリアスに告白したのか。

いままで気づかなかったけれど、いつのまにか彼女の気持ちがエリアスに傾いていたんだな。

緊張と不安で胸が締めつけられる。気づけば俺は廊下を走りだしていた。目的もなくやみくもに走り、裏庭へ出る。落ち着かない気持ちがそうさせたようだが、息が切れて立ちどまった。

リンデの木に片手をつき、胸を押さえて息をする。過呼吸になりそうで、手で口元を押さえてゆっくりと呼吸をした。

どうなるんだろう。

エリアスは、どう返事するだろう。

好きな人がいるってことだったけれど……。

ゲームでは、主人公が告白できたということはすでにエリアスルートに入っているから、エリアスに振られることなんてない。

ということは片想いの人は諦めて、リナと、ということになったのかな……。

走ったせいばかりではなく、胸がギュッとした。俺は木に寄り掛かり、そのままずるずると腰をおろした。

俺は後頭部を木の幹に預けるようにして上を見あげた。ひと月前に満開だったリンデの白い花はすでに散り、次の季節を迎えようとしている。

そういえばエリアスの母親が他界したとき、彼を見つけたのもこの辺だったと思いだす。

当時の彼は、悲しみを表現することもできなかった。

そのエリアスが、孤独を乗り越えて幸せを掴みとろうとしている。リナと恋をして幸せになるんだ。

「祝福しないとな……」

魔法が解け、王宮中のみんなも元の姿に戻れる。すべて丸く収まるんだ。

俺は強く目を瞑り、気持ちを落ち着けようと努めた。しばらくそうして過ごしたあと、俺はゆっくりと瞼を開けた。

そろそろ話は終わっただろうか。

自分の手を見ると、まだウサギのままだ。

「……まだ？」

たしか、ふたりが気持ちを伝えあってからキスすると、魔法が解けるんだよな。キスしてないのかな。それとも魔法が解けるまでタイムラグがあるのかな。

すでに四十分は経過していると思う。まだ魔法が解けないなんて、アクシデントでもあったのか気になる。それにそろそろ戻らないとまずいよな。俺が行方《ゆくえ》不明だと心配かけるかもしれないし。

のろのろと立ちあがり、執務室へむかう。

きっとふたりは幸せオーラをだしているに違いない。そんなふたりが待つ部屋に戻りたくない。でもしかたない。いつも通りの顔をしないと。ため息を押し殺して執務室の扉を開けると、室内にはエリアスしかいなかった。

「どこへ行っていた。心配していた」

「すみません、遅くなりました」

「だいじょうぶだったか」

「はい。襲われたとかじゃなく、休憩していただけです。ところでリナは」

「おまえがなかなか戻らないから、探しに出かけた」

え。もしかして、俺の長すぎる不在がキスに至らなかった原因とか？

そんなまさか。邪魔しないように席を外したのに。

俺はエリアスにいろいろ聞きたい気持ちを堪えて席に戻った。リナが戻ってきたら俺は早退したほうがいいかな、などと考えながら雑務をこなすが、リナは待てど暮らせど帰ってこない。

そのうち仕事を終える時間になってしまった。

「どうしたんだろう、リナ」

俺の呟きに、エリアスも眉間を寄せた。

「この時間になっても戻ってこないのはさすがにおかしいな」

王宮に来たばかりの頃は迷子になることもあったようだが、最近はそんなこともなくなっている。俺に告げずに勝手に早退するような子でもない。もしかしたら事故や事件に巻き込まれている可能性がある。

「最近の王宮内はなにかと物騒だし、ちょっとその辺を見まわってもらうか」

エリアスは近衛隊にリナを探すように命じ、一段落すると俺を見てなにか言おうとした。

でもその前に俺は言った。

「陛下。今日はこれで帰ります」

いつもは仕事を終えたらエリアスの部屋へ行き、抱いてもらう。でも今日はそんな状況じゃないだろう。

本音ではエリアスもきっとそう思っている。好きな子から告白された直後にその子の行方がわからなくなったんだ。気が気じゃないだろう。でも俺の身体の事情もわかっていて、彼からは言いだしにくいだろうから、俺から切りだした。

エリアスが意外そうな顔をした。

「帰るって、今夜は？」

「それが、平気そうなんです。いつもより体調がよくて」

「しかし」

「では失礼します」

「あ、おい」

引き留めようとしたエリアスを残し、そそくさと帰宅した。

自分の部下が行方不明だというのに王や他部署の者に任せて帰るなんて、なんてひどい上司だと我ながら思うけれど、俺がいたら邪魔だもんな。

リナが見つかるのを待つあいだに性欲を我慢できなくなって、結局抱いてもらうことになったりしたら、ふたりに悪い。

帰宅後、ひとりで処理して満足できるか不安だったが、幸いその日は本当に体調がよく、性欲がひどくて眠れないということはなかった。

翌朝、空が白みはじめた頃、王宮から我が家へ伝令が来た。報告を受けた父が、まだ眠っていた俺の部屋へ駆《か》け込んできた。

「ケイ、一大事だ」

大きな鯛《たい》が口をパクパクさせている姿にぎょっとしたが、その只事《ただごと》でない様子に、俺は目を擦りながら身体を起こした。

「なにか……」

「陛下が行方不明になったそうだ」

え……？

寝起きの頭は言われた意味をすぐに理解できなかった。呆然《ぼうぜん》とする俺に父が続ける。

「真夜中、王宮に魔女が現れたそうだ。陛下はそれを追ったらしい。そして魔女と共に姿を消してしまったと」

「魔女が……」

魔女が現れただって？

いったいなにがどうなっているんだ。

俺はひどく混乱した。だって、いくら思い返してもこんな展開はゲームになかった。

主人公が告白したのに魔法は解けず、しかも失踪《しっそう》し、その後王もいなくなるなんて。

なにが起こっているんだ。

――エリアス。

俺は支度をすませると父と王宮へむかった。

王宮内は早朝だというのに騒然としていて、俺たちが馬車を降りると重臣たちが集まってきた。

「宰相《さいしょう》、いかがいたしましょう。捜索しようにも、どこへ向かえばいいのか」

「ケイ様、なにか心当たりはございませんか」

「いえ、なにも」

「とにかく会議室へ行こう」

会議室へむかう廊下でラルフに出会った。

「ラルフ。陛下の行方について、手掛かりは」

「それはこっちが訊こうとしていた。おまえもわからないか」

「俺はなにも。魔女を追いかけて一緒に消えたと聞いたけど」

「俺は見ていなかったんだが、当直の部下が言うには、魔女と陛下はなにか喋っていたらしい。魔女は逃げるというより、陛下をおびき寄せる感じで宙を飛んでいたそうだ」

そしてエリアスが魔女の服を摑んだ瞬間消えたらしい。

「相変わらず魔女の住まいもわからんし、どこへ連れていかれたのか、さっぱりだ」

「そんな……」

「それから、リナのほうもまだ捜索中だ」

そうなのか。

エリアス、どこへ連れていかれたのか。どうか無事でいてほしい。

心配で心配で気が気じゃない。泣きたくなるほど真剣にそう願っている。なのに、俺の身体はむずむずしだしていた。

また性欲だ。こんな深刻な状況だというのに抑えが利かないなんて。勘弁してほしい。

「いいかげんにしてくれ……っ」

癇癪《かんしゃく》を起こして自分の身体を殴りたい衝動に駆られる。

苛立ちから涙がこぼれそうになった、そのとき。

「え？」

俺の身体の周囲がほのかに発光した。

「ああっ？」

「おおっ！」

俺だけじゃない、その場にいた獣人全員の身体が光りだした。

そして、光が収まったときには人間の姿に戻っていた。

俺は呆然と自分の手を見下ろした。人間の手に戻っている。

みんな、お互いの顔を指差しあい、手鏡を持っている者は自分の顔を覗き込んでいる。窓ガラスに映る顔を確かめる者も。

俺も、手鏡を借りて自分の顔を確認した。耳が元に戻っている。性欲も収まっている。

ラルフもクマの姿から、精悍《せいかん》な人間の姿に戻っていた。

「魔法が解けた……」

これっていったい……？

みんなが抱きあって歓喜の声をあげる。その様子を眺めながらぼんやりしていると、庭のほうで歓声があがった。

「陛下が戻られたぞーっ！」

俺は弾かれたように顔をあげ、声がしたほうへ駆けだした。庭へ出て人々がむかうほうへ進んでいくと、エリアスとリナが一頭の馬に乗ってこちらへ来る姿が見えた。

エリアスも元に戻っていた。黒髪の、懐かしい姿。

エリアスの前にすわっているリナは、恥ずかしそうに頬を染めている。

ああ……。

ふたりは結ばれたってことか……。

どんな経緯でふたり揃《そろ》って帰還することになったのか知らないが、魔法が解けたということは、無事に気持ちをたしかめあって、キスしたってことなんだ。

エリアスはきっと、片想いの人のことは気持ちに整理をつけて、これからはリナと歩んでいくと決めたんだ。

よかった……。

そう。これでよかったんだ……。

思わぬトラブルもあったけど、これが正しい、俺が求めていた結末なんだから……。

俺は気が抜けたようにふたりを見つめた。

「ケイ」

近付いてきたエリアスが俺に気づき、馬から降りた。その後手を差し伸べてリナが降りるのを手伝う。そのふたりの姿がやけに親密に見えて、俺は一瞬だけ目を背けた。

エリアスが俺の前に立つ。

「心配をかけた。みんな無事に元の姿に戻れたようだな」

心底嬉しそうな笑顔。

「お帰りなさい。ご無事でよかった」

エリアスが無事に帰ってこられてよかった。魔法が解けてよかった。それだけを思い、俺は精いっぱいの笑顔でエリアスを迎えた。

七

魔法が解けて数日が過ぎ、王宮内は以前の秩序を完全にとり戻していた。

俺も普通に仕事ができるようになったので、リナは必要なくなったのだが、本人の希望もあり、続けてもらっている。

リナもだいぶ速記が上達したが、独り立ちできるようになるのはまだまだ先だ。指導を部下に頼んでもいいのだが、俺が続けて指導している。

本当は俺も忙しくて指導している余裕はあまりないんだけど、部下に任せるのも後ろめたくて。エリアスと恋仲になったからこの部屋から追いだしたいんじゃないのかって自問が脳裏をよぎり、それを強く否定できない自分がいるから。

ふたりで戻って来たあの日以来、エリアスとリナは俺がいる前でも仲良く喋るようになった。

「今日もいい天気ですわねえ。洗濯物がよく乾きそう」

「そうだな。いい気候が続く」

他愛ない会話だが、これまでとエリアスの表情が違う。以前の彼ならばリナに笑顔を見せることなどほとんどなかったけれど、いまはよく笑うし、彼女を見る目が優しい。

やっぱりふたりは恋人になったんだなと思わざるを得ない。

わかっているけれど、間近で変化を見せつけられると、悲しくて苦しい。

仕事中はふたりとも露骨にいちゃつくことはない。でも俺がいないところではきっと……

などと精神衛生上よろしくない想像を勝手にして落ち込んでしまう。

リナのほうも以前の緊張がなくなり、親密そうにエリアスに接している。とくに変わった点は、エリアスのいいところを見つけると逐一褒めるようになったことだ。つい先ほども、エリアスの官僚への対応を見て、

「いまの切り返し、素晴らしいですわ。本当に陛下は完璧《かんぺき》な君主でいらっしゃる」

などと言っていた。

言われたエリアスは顔をしかめていた。

「完璧なんてことはない。欠点だらけで、いつも失敗と反省の繰り返しだ。毎日必死にもがいて、どうにか前に進もうとしているだけだ」

リナは初めて聞いただろうけれど、俺は何度か聞いたことのあるセリフだった。エリアスは完璧じゃない。でも完璧であろうとして日々努力しているんだ。そんなこと、俺は昔から知っている。

ふたりの会話を聞いていると心がとげとげして、勝手にリナに対抗意識を燃やしてしまう。

そして優しく対応しているエリアスの姿に、悲しくなる。

「陛下、ケイ様。今日も庭で昼食にしませんか？　きっと気持ちいいですわ」

リナが陽気に言う。

いつのまにか彼女も毎日一緒に昼食をとるようになっていた。

エリアスの昼食の席には大臣やどこぞの夫人が同席することが多いが、その顔は日替わりだ。ほぼ毎日同席していたのは俺だけ。

そこにリナが加わってきたことで、俺は不安を覚えずにいられなかった。

恋人ができてもいい。そばにいられたらいいと思っていた。でも、恋人と共にいるエリアスのそばにいることが、これほど辛いとは思っていなかった。たまになら我慢できたかもしれないが、四六時中なんだ。これは、神経が参る。

そしてリナに俺の席も取って奪われそうな予感に恐怖する。エリアスがそれを望むなら、俺にはどうしようもないことだけれど。

王専属書記官という仕事も、いつかリナに奪われる日が来るだろうか。

それは嫌だと思う。けれど、こうして幸せそうなふたりを見ながら仕事をするのも、正直辛い。

いつか慣れるのかもしれないけれど、いまは逃げだしたくなるほど苦しく思う。

ずっと昔から覚悟していたはずなのに。初めから諦めていたはずなのに。どうしてこれほど絶望に打ちひしがれているのか。

それはたぶん、彼に抱かれてしまったせいだ。

あんな幸せを知ってしまったから。気持ちが通じての情事ではなかったから、抱かれているときは満たされなかった。でもいま思うとそれも幸せなことだったんだ。

いまは魔法が解けたから、エリアスとは一切触れあっていない。指一本触れることはなくなった。

俺とはしていない代わり、エリアスはリナとああいうことをしているのかもしれない。そう想像してしまう自分が嫌で、リナに嫉妬してしまう自分が嫌で、己の醜さに泣きたくなる。

「お給料をいただいたので、今日こそ私もローストビーフ丼を頼もうと思っているんです」

「まだ食べていなかったのか。あれはうまいぞ」

ふたりの他愛なくも楽し気な会話が続く。

俺は、邪魔かもしれないな……。

ここにいないほうがいいのかもしれない……。

なんか、みじめだな……。

遠慮してふたりの会話に加わらず、黙々と事務作業をしていると、胃の痛みが増してきた。

最近はいつも胃が痛かった。夜もなかなか寝付けず、眠れても、胃の痛みで目が覚めることがある。朝目覚めると、あれ、なんで俺、まだ生きてるんだろう、などと思うようにもなった。

俺、こんなにストレスに弱かったかな。情けないな。

俺は静かに席を立った。

「ちょっと書庫へ行ってまいります」

そう告げて執務室を出ると、裏庭へ向かった。

あのリンデの木がある場所は、あまり人が来ない穴場だ。木の根元に腰を下ろすと、息をついた。

初めからかなわない恋だとわかっていた。

恋だけが人生じゃない。

仕事だってある。これから趣味を作って没頭したっていい。

「いっそ、国政への野心でも持とうか……」

書記官を極めて側近としての力を強大にしていくか。もしくは、いずれは父のように宰相の座を狙うのもいいかもしれない。

気分を変えるためのただの思いつきだったが、意外と悪くないかもしれない。

「そうだよ。がんばろ……」

気持ちを奮い立たせようと声にだしてみたが、むなしく響いただけだった。

未来へ目をむける余力はいまの俺にはなかった。

人魚姫は大好きな王子が他の女性と結ばれて、自分の気持ちを伝えることなく海の泡になった。俺もこのまま土に沈み込んで溶け、消えてなくなりたい気持ちになった。

やっぱり、ちょっと、だめだ……。

このままではちょっとまずいなと頭の片隅の冷静な部分で思う。失恋ぐらいで大げさなと思うけれども、それがきっかけで心の病気を発症することだってあると聞く。心が疲弊しきる前に逃げ道を作ったほうがいいかもしれない。

ふたりの仲睦《なかむつ》まじい姿を見ずにいれば、気持ちも落ち着いてくるだろう。ふたりが結ばれたことも、徐々に受け入れられるようになるんじゃないか。

無理せず、リナを他部署に配置している部下に任せるか。それとも自分自身が他部署に移るか。

そのどちらにするかエリアスに相談したら、彼はどう答えるだろう。

俺とリナの、どちらをとるだろう。

「……相談なんて、できないな……」

十中八九、エリアスは俺をとるだろう。業務上、至極当然のことだ。でも本音はリナと一緒にいたいんじゃないかと俺は疑心暗鬼になって心休まらないかも。

しかも、エリアスが俺ではなくリナをとったとき、俺は……立ち直れるだろうか。

「…………」

やっぱりすこし、エリアスから離れるべきかもしれない。

「ケイ」

ふいに名を呼ばれ、振り返ったらエリアスがいた。彼は俺の隣に腰を下ろした。

「ここにいたか。すこし探した」

「すみません。なにかありましたか」

仕事をサボっていたのを見つかった気まずさから、俺は上目遣いに窺った。

「おまえ、なにか悩んでいないか」

単刀直入に訊かれ、俺は即座に首を振った。

「え、いえ。べつに」

「執務室を出るとき、様子がおかしかった。そしていま、相談できないと呟《つぶや》いているのが聞こえた」

「それは……たいしたことじゃありません」

エリアスが真摯《しんし》に見つめてくる。

「俺には、相談できないか」

「そうじゃありません。本当に、たいしたことじゃなくて」

「最近、俺に話しかける頻度が減ったように思う。笑顔もほとんど見せない。仕事中、ずっと沈んだ様子だ。俺はおまえを傷つけるようなことをしただろうか」

表にはだしていないつもりだったのに。周囲の者の様子をよく見ていると改めて感心する。

俺はもう一度首を振った。

「いえ、陛下は関係ないです。その、ちょっと調子が戻らないだけです。指が以前のように動かない感じがして、焦っているんです。そちらに気が行って、言葉数が減っているかもしれません。じきに慣れてくるでしょうけれど」

本当はそんなことはなかった。俺はすっかり元通りだ。でも、手の感覚が戻らないという部下がいたのを思いだし、その話を言いわけに借りた。

「そうか。たしかに、獣人の頃の後遺症が続いているという話はちらほら耳にするが。ケイもだったか」

「はい」

「本当に、それだけなんだな」

「ええ。それだけとおっしゃいますが、俺にとっては非常に大事なことです。指のわずかな違和感も、仕事に影響しますから」

俺がもっともらしく主張すると、エリアスはそれ以上追及してこなかった。

「他にもなにかあるなら、遠慮なく話してくれ。力になりたい」

「ありがとうございます。探させてしまって申し訳ありません」

立ちあがり、正殿の出入り口のほうへふたりで歩きだす。前を行く彼の背中を見ながら、俺は意を決して先ほど考えたことを話した。

「今回の騒動で思ったのですが。書記官も災害時に臨機応変に動けるように日頃から慣らしておくべきかと思うんです。書記官の配置を、期間を決めて異動しようと考えています。それにより馴《な》れあいも防げますし」

「というと」

「たとえばいま、宰相の元で書記をしている者は、ずっと宰相のところで働いています。でも二年経過したら、今度は司法大臣へ。司法大臣のところにいた者は、財務大臣へ、というふうにまわしていこうかと」

エリアスが傾聴するように足を緩め、俺の横に並ぶ。

「そんなことを考えていたか」

「はい。俺も異動します。リナは見習いですし、どうするかまだ決めておりませんが――」

エリアスが足をとめた。

「待て。おまえも代わるだと？」

「ええ。陛下付きになる経験も、部下にさせたいですから。許可をいただければ来週にも」

「だめだ」

エリアスは大きく首を振った。

「他の書記官たちが大臣のところを異動するのはかまわない。だが、おまえは俺の専属でいろ」

「え……と」

「以上だ。異議は却下する」

エリアスは気分を害したように、それ以降黙ってしまった。

エリアスは普段、自分と相いれない意見を言われても、相手の意見を尊重していったんは受け止める態度を示し、べつの角度から話を運ぶ。これほど聞く耳持たないといった感じで拒絶することはめずらしい。

おかしいな。俺、言い方がまずかったか？

まさか許可されないとは思わなかった。しかもなぜか怒らせてしまったようだ。

エリアスを怒らせたことは、俺の心にさらなる負荷がかかった。そこにまたリナが登場だ。

執務室に戻ったらリナと三人でカフェテリアへ行き、食事をとった。まったく食欲はわかなかったが、食べないと心配させると思って無理に食べたら、胃痛がますますひどくなった。

食後、仕事を再開すると、リナがエリアスに楽しそうに話しかける。

「ユリナが陛下にまたお会いしたいと言っているんです」

「俺はもう、できることなら会いたくないな……」

俺の知らない、ふたりの共通の知りあいもすでにいるらしい。そんな話、聞きたくない。

永遠に続く拷問のようだ。

ここから逃げようと思ったのに、逃げられない。絶望感に心を支配される。

ふたりの楽しそうな会話を聞いていると胃の痛みが増していき、耐えきれなくなってきた。

俺は胃を押さえて机に突っ伏した。

「どうした」

エリアスがすぐに俺の異変を察知した。

答えられずにいると、抱きかかえられた。そのままエリアスの部屋へ連れていかれる。

「このところ、ずっと様子がおかしいと感じていた。沈んだ様子で、口数もすくない。俺は避けられているかと思ったが、そうじゃないと言う」

エリアスが言いながら寝室の扉を開け、俺をベッドに降ろした。

「ケイ」

上から見下ろしてくる、心配そうなまなざし。

「いま、具合が悪そうなのを見て、もしやと思ったんだが……後遺症か？」

「え」

「もしかして、まだ発情しているんじゃないか？　だから下腹部を押さえて」

いや、下腹部じゃなくて胃を押さえていたつもりなんだけど……エリアスのいたところからは、そう見えたか。

「おまえのことだから、いまさら恥ずかしくて言いだせなかったんじゃないか？　だからさっき、相談できないなんて呟いて……ひとりで悩んでいたんだろう」

完全な誤解だ。俺の性欲はすっかり元に戻っている。自慰も可能だから、エリアスの世話になる必要もない。でも、俺は言いよどんだ。

ここで肯定したら――抱いてもらえる。

最後に抱かれたときは、それが最後になると思っていなかったし、朝だったから簡単に終わらせた。

いま抱いてもらえたら、これが最後と受けとめられるだろう。身体にエリアスの熱を刻みつけ、思い出にすることができる。

「……エリアス……」

小さな声で名を呼んだら、肯定と受けとめられたようだ。彼の手が迷いなく俺の上着のボタンを外しにかかる。

それからベストとブラウスのボタンを外され、素肌が晒《さら》される。

久しぶりに彼に身体を見られ、心拍数が跳ねあがる。

でも、どうしよう。

本当にこのまま、嘘をついて抱かれてしまっていいものか。

抱かれたい。でも、罪悪感は無視できない。

エリアスにはリナがいる。俺の性欲処理にエリアスはつきあってくれるだけで、なんの感情もない。だけど、だからってリナは納得しないだろう。

肌を重ねるのは本来、特別な関係にあるふたりだけの行為だ。

迷っているうちにエリアスの手のひらが俺の胸に触れる。その感触にびくりと身体が震える。彼の顔が近づいてくる。

どうしよう。

——いや。どうしようじゃないだろ。こんなのはだめだ。こんな卑怯《ひきょう》なことは、俺はしたくない。これ以上嘘なんてつきたくないんだ。

「待……って」

俺は彼の肩を押さえて制止した。

「だいじょうぶです。後遺症じゃないんです。胃が痛かっただけなんです」

「嘘をつくなよ」

「嘘じゃなくて、本当にだいじょうぶなんです」

「嘘だな。本当に違うなら、すぐに否定しただろう。求めるように俺の名を呼んだりしない」

たしかにそうだ。でも本当に違う。ただエリアスが好きだから、抱かれたくて否定できなかっただけだ。

気持ちを伴わない行為とわかっていても、抱かれたかった。

好きだから。好きで好きで、どれほど理性で抑え込んでも気持ちが溢れてしまう。

卑怯な真似をしてでも、もう一度抱かれたいと思ってしまった。

「違うんです……」

「なにが違う」

「俺はただ……」

あなたが好きなだけだ。

ただ、好きなだけ。

言いわけが見つからない。心が疲弊していて、気持ちを隠し続ける気力もすり減っていた。本音を口にしたい衝動にかられ、しかしなけなしの理性で耐えていると、感情をこらえきれなくて涙が溢れた。

いちど溢れたら、堰《せき》を切ったように涙がとまらなくなり、両手で顔を覆った。

好きだと言いたい。でも、言えない。

「ケイ……？」

嗚咽《おえつ》を漏らして泣いていると、エリアスが戸惑った声を投げかけてくる。

突然泣かれてわけがわからないだろう。申しわけない。でもとまらないんだ。

返事をする余裕もなくそうして泣き続けていると、エリアスが悔しそうに奥歯を噛みしめる音が聞こえた。

「ケイ……頼む。違うのなら、なにを悩んでいるのか教えてくれ。いつもそうやって、ひとりで抱え込まないでくれ」

彼の手が俺の髪に触れようとし、こぶしを握り締める。

「おまえに泣かれると、たまらない。好きな相手に頼ってもらえないことほど不甲斐《ふがい》ないものはない」

息がとまった。

え……？

いま、なんて……？

聞き間違いだろうか。でもたしかに……。

確認しようと手をどけてエリアスを見ようとした、その時、突然窓を叩く音がした。

ここは三階。いったいなんだ？

音のするほうへ目をむけると、なんと、窓の外に女性が浮いていた。二十代ぐらいの美人で、黒いワンピースを着ている。

俺は目玉が飛びだしそうになった。

対するエリアスは俺ほど驚いている様子はない。舌打ちしてそちらへむかい、窓を開ける。

「悪いわね。お取込み中かしら」

「わかっているなら遠慮してほしいんだが」

「悪いって言ってるじゃない。それよりリナはどこかしら」

「俺の執務室にいるんじゃないか。いなかったら適当に探してくれ」

「ありがと」

「もうここには来るなよ。俺に用があるなら人間とおなじ手続きで面会を申し込んでくれ」

エリアスが言い終わる前に女性の姿が忽然《こつぜん》と消えた。

嘘……消えた……。

涙なんて引っ込んだ。腹痛も消えた。俺は身を起こし、半ば呆然と尋ねた。

「いまの……なに」

「魔女だ。ケイは見たことなかったな」

「あれが、魔女……」

そうか……。魔女って本当に実在していたんだな……。

いや、獣人になったんだから魔女や魔法が存在するってわかってはいたんだけどさ、でも実際に宙に浮いたり消えたりしているのを見ると、驚くもんだな。

「なぜリナを探しているんでしょう」

エリアスは窓を閉め、カーテンをきっちり閉めながら不機嫌そうに答える。

「恋人だからだろう。まったく……」

「え？」

「なんだ」

「恋人？　誰が？」

「だから、リナと魔女が」

はい？

「……どういうこと……ですか……？」

「どうもこうも。ふたりとも一目惚《ひとめぼ》れだとかで告白しあって、つきあうということになった。俺とリナがいなくなったあの夜だ。俺は横でそれを見せられた」

「いや、あの、ちょ、ちょっと待って」

俺は正座してエリアスに尋ねた。

「リナは、エリアスと恋人になったんですよね？」

「なにを言っている。だから、リナは魔女とつきあっているんだ」

俺の頭の中でクエスチョンマークがぐるぐるまわる。

「でもリナは、エリアスに告白していましたよね？」

「そんな事実はないな」

「嘘ですよ。俺、聞いちゃいましたもん。リナが行方不明になる直前、好きになったとか、支えたいとかエリアスに言っていたのを」

エリアスは首を傾《かし》げていたが、ややしてから思いだしたようにああと呟いた。

「あれは違う。あのときリナは、魔女に恋したと俺に相談してきたんだ。聞こえたのは俺への気持ちじゃない。魔女への恋心だ」

な、な、なんですと……？

「で、でも。じゃあ最近のおふたりの親密ぶりは……？」

「親密というほどでもないだろう。互いにライバルじゃないとわかったから、警戒が解けて普通に喋るようになっただけで」

「じゃあどうして魔法が解けたんですかっ」

「話が飛んだぞ。『じゃあ』って接続詞がどうしてそこにくるんだ？　ともかく魔法が解けたのは、俺があの魔女、ユリナに謝罪をいれたからだ。無礼なのはあっちなのに、どうして俺が謝らなきゃならないのかと思うが、魔法を解いてもらうために下手《したて》に出た。それからリナの口添えもあって」

主人公が魔女と結ばれて、王が謝って魔法が解けた……？

俺は遠い記憶の紐を手繰《たぐ》り寄せ、必死にゲームを思い返した。

攻略対象は四人。みんな男だったはず。それしかないはず――。

魔女。魔女。魔女――？

……。あ――っ！

何度も記憶を調べるうちに、おぼろげながら思いだされる記憶があった。

そういえば……攻略対象四人すべてをクリアしたあと、隠しルートが出てくるんだったたかも……。その相手が魔女だったような……。

俺は百合《ゆり》には興味がないからそのルートは一度もやっていない。だから覚えていなかった。そうか……。そのルートでも、全員の魔法が解けることになっていたのか……。

知らなかった……。

「リナは魔女と……じゃあ、エリアスとリナは、恋人じゃない……のか……」

「そうだと言っているだろう」

ふたりが失踪した日のことは、魔女に魔法を解いてもらったとしかエリアスは言わなかったし、俺も悲しい情報は知りたくなかったから詳しく聞こうとしなかった。だからずっと、ふたりは結ばれたのだと信じていた。

呆然としているうちにすべてのカーテンを閉め終えたエリアスがこちらへ戻ってきていて、俺の横に腰かけた。

「魔女の話はもういい。それよりケイのことだ。泣いた理由を教えてくれ」

そ、そうだった。

俺も、魔女のことよりも訊きたいことがあったんだ。

混乱した糸をほぐすように頭が働く。

エリアスが好きなのはリナじゃない。ということは。

「あの、さっき、好きな相手と言っていたけれど……それって……」

「それがどうした。おまえのことに決まっているだろうが」

「……え……」

「え、じゃない」

なにをいまさら、と憤慨したようにエリアスが言った。

「なにを初めて聞いたような顔をしている。俺は散々おまえに伝えてきただろう。おまえが好きだと」

「……。え？」

「だから、え、じゃない。驚くところじゃない。匂わせるどころじゃなく誤解しようがないほどはっきり伝えてきたじゃないか。最初は十六のとき。まさか覚えていないのか」

「十六のとき……、それって、大臣たちの前で……？」

十六のとき、たしかに好きだと言われた。大勢の大人がいる前で。

エリアスは大臣たちに結婚を迫られていて、そこで言ったんだ。俺はケイが好きだ。だから誰とも結婚しない、と。

それが、生涯独身宣言と呼ばれるやつだ。

俺は、エリアスが俺の名をだしたのは、独身宣言のダシに使ったのだと思った。政略結婚を拒む苦し紛れの言いわけというか。友人の俺以上に好意を持てる女性はいないという意味だと思った。

それは俺だけでなく、聞いていた大臣たちも同様だろう。俺たちが恋人でないことは見ていればわかっただろうし。

ふたりきりのときに告げられたならまだしも、大勢の貴族たちの前での宣言だったから、パフォーマンスとしか思わなかったんだけど……。

「それから十八のとき。ケイが出仕するようになってから、俺の部屋で。十八になって、やっとおまえに追いついた気がして、改めて告白した」

うん……。

それも覚えているけれど……。

それもやっぱり、政略結婚は嫌だという話の流れでのことだったから……。結婚したい女性は、いまはいないという意味だと思っていた。

それにそのときにはここがゲームの世界だと認識していて、数年後にはリナと結ばれると思っていた。エリアスが男を好きになることなんてないと信じていたから、まさか本気で告白されているとは……。

「……嘘、でしょう……」

エリアスが俺を好きだったなんて。それもだいぶ昔から。

「あれって……本気で、俺のことが好きだと……いうことだったんですね……」

まさか、という思いで呆然としてしまう。

そんな俺を見たエリアスは肩を落として頭を抱えた。

「嘘だろう……」

彼は深くため息をついて顔を擦ると、膝に肘《ひじ》をつき、祈るように手をあわせた格好で前方の壁へ目をむけた。

「いや……、俺の気持ちのことは、いまはいい。ケイ。どうして泣いた。なにを苦しんでいる」

俺はいったいなにを泣いていたんだったか。

魔女の出現やらエリアスの気持ちやら、衝撃的なことが続いて悲しい感情が吹っ飛んでしまったが、そうだった。俺は、エリアスへ気持ちを伝えたくて泣いていたんだった。

にわかに胸がドキドキしだす。

エリアスとリナは恋人じゃない。魔法は解けている。ならば、俺は気持ちを伝えることができるじゃないか……。

ずっと、ずっと、伝えたかった。もうその気持ちを抑える必要はないんだ。

エリアスは俺を好きだと言ってくれている。その言葉に背を押され、俺はうつむきがちに口を開いた。

「俺……エリアスのことが、好きなんです……」

言葉の一つ一つに気持ちを吹き込むように言ったら、ささやくような声になった。

「ずっと、好きだったんです。でも友人と思われていると思っていたし……最近はリナと恋人になったと思っていたから……苦しくて、それで泣いてしまって」

そこまで言ってエリアスのほうを窺うと、彼は愕然《がくぜん》とした顔をして俺を見つめていた。黙って、固まったように動かない。

「あの……エリアス……？」

どうしてしまったのだろうと訝《いぶか》しみながら声をかけてみる。

だいぶ時間が経《た》ってから、彼は呻《うめ》くように言った。

「嘘だろう……」

そしてまたしても黙ってしまう。深緑の瞳が、相当混乱している様子で揺れている。

「ずっと好きって……いつから……」

「小さい頃からです」

「小さい頃から、だと……？」

戸惑うように揺れていた深緑の瞳が、突如、力を持った。瞳の奥で吹いた風が竜巻を起こし嵐となる。そして吠えるように俺に訴えてくる。

「俺は……俺だって、子供の頃からおまえを好きだった。数えきれないほどおまえに好意を示してきた。好きだと、言葉でも態度でも示してきた。でもおまえはいつも曖昧《あいまい》な笑顔を浮かべて聞き流して、相手にしてくれなかった。遠まわしに言っても伝わらない。はっきり言っても返事をもらえない。これはもう、俺の気持ちは伝わっているんだろう。けれど、気持ちを受け入れることができないから聞き流されているんだろうと思った。しつこく押しても迷惑だろうから、ここ数年はできる限り気持ちに蓋をしてきた。何度も諦めようと思った。でもそのたびに、おまえは俺を見て顔を赤くしてみたり、俺に気があるようなそぶりをして見せたりする。やっぱり脈はあるんだろうか、やっぱりうまく伝わっていないだけなんだろうかと……俺は、ずっと悩んで……」

堰をきったように熱っぽく想いを語る。その瞳に宿る力は勢いを増していた。

「ずっと、ずっと悩んで……諦めようと……どれほど俺があがいても、これ以上距離を縮めることはできないのだと……諦めようとして、でも、諦めることなどできなくて……っ」

彼の声は次第に熱と湿り気を帯び、そこで言葉が詰まった。そして想いが溢れるように彼の瞳から涙が溢れだす。いくつもの涙が頬を伝い落ちていく。

俺は驚いて彼を見つめた。

「好きで……おまえのことが好きで、どうしようもなく好きなんだ。昔からずっと、好きだったんだ。おまえのことを思って胸が苦しくなる夜なんて、数えきれない。いったい何年……ずっと……おまえしか……おまえだけを求めて……」

彼は声を詰まらせながら俺への気持ちを切々と訴える。零《こぼ》れ落ちていく涙がその葛藤《かっとう》の深さと長さを物語っているようだった。

「それが……じつはおまえも好きだったなんて……そんなバカな話があるか」

彼が俺の両肩を摑んだ。

「ケイ」

深緑の瞳が真実を探るように、縋るように俺を覗き込む。

「いまのおまえの言葉は……本当、なのか……？　誰かに言わされているわけでもない……そう信じてもいいのか」

俺は、好きだとはっきり口にしたのに、その言葉を鵜呑《うの》みにできないエリアスの心情を思って泣きたくなった。

俺はこの人をどれほど待たせてしまったんだろう。

俺の頭はゲームに固執していて、彼の好意に気づけなかった。エリアスは主人公を好きになる。つまり女性が好きなんだ。俺なんて相手にされるわけがない。だからエリアスの好意は友人という枠内のものなんだ。そう思い込んでいた。

うっかり期待して傷つきたくなくて、彼の好意に厚い布をかぶせていた。

そういうことだとわかった上で思い返せば、彼はずっと以前から俺に特別な好意を示していた。子供の頃は気づかなかったとしても、成長してからは気づいてもいいサインをいくつも送られていたと思う。

それなのに俺は……。

エリアスはいつも、力になるからなんでも話せと言ってくれていた。彼を信じてさっさと包み隠さず話していれば、早いうちから想いを通いあわせることができていたんじゃないのか。幸せな結末は一つきりと信じ込んでいたが、実際には違った。ふたりで解決可能な道を模索することだってできただろう。そうしたら、これほどの年月を苦しく過ごす必要もなかったのかもしれない。

悔やんでも悔やみきれない。己の浅はかさに対する悔しさと、エリアスの長年の想いに触れて、俺は再び涙を零した。

そして、懺悔《ざんげ》の気持ちを込めつつ想いを口にした。

「本当です。嘘偽りなく、俺もエリアスが好きなんです」

前世の記憶があることで、俺はこれまで彼にいくつも嘘やごまかしの言葉を重ねてきた。でもこれだけは真実だから、どうか信じてほしい。

「伝えるのが遅くなって、申しわけありません。俺もいろいろ考えて、悩んで。想いが通じるはずがないと思い込んでいて、だから――」

そこで言葉が途切れた。強い力で引き寄せられ、気づいたときには彼の胸に抱きしめられていた。

頭に彼の頬が触れる。涙で濡《ぬ》れた感触。熱い吐息が耳をかすめる。

「これは……夢じゃないんだな……」

「はい……」

俺も夢でないことを確認したくて、そっと彼の背中へ腕をまわした。

エリアスと両想いになれる日が来るなんて、夢を見ているとしか思えない。でも、これは夢じゃないんだ。

互いに涙が収まった頃、照れたような声にささやかれた。

「キス、してもいいか」

顔をあげると、熱っぽいまなざしがすぐ近くにあった。身構える間もなく顔が近づき、焦点があわなくなる。とっさに息をとめる。近すぎて自然に眼を閉じると同時に唇が重なった。

まず、柔らかな感触に驚いた。散々抱きあったけれど、キスをするのは初めてだった。いま俺はエリアスとキスしている。そう思うと鼻血が出そうなほど興奮し、頭がのぼせる。

唇は触れただけで優しく離れ、そしてまた重なる。今度は唇のあいだに舌が割り込んできた。熱く湿ったそれが俺の舌を舐める。俺もおずおずと舌を差しだすと、より深くまで愛撫され、甘く優しく絡められた。何度も角度を変えて舌が溶けてしまいそうなほど長く甘いキスを繰り返していると、次第に身体が熱を帯び、快感を覚えた。

快感と幸福感に陶酔していると、中途半端に羽織ったままだった上着からブラウスを一度に肩から落とされた。あ、と思って身じろぎしたら、太腿《ふともも》が彼の下腹部に触れた。そこはすでに硬くなっていて、彼の興奮を示していた。

エリアスも興奮していると知り、俺の熱は一気にあがった。

唇が離れ、見あげると情欲に濡れた瞳とぶつかる。

「このまま抱きたい。いいか？」

熱くささやかれ、俺は頷いた。

「さっき、具合が悪そうだったが……無理だったら言ってくれ」

現金なもので、胃痛はとうに収まっている。

「だいじょうぶです。俺も……抱きあいたいです……」

エリアスがいったん俺から身を離し、上着とベスト、ブラウスを脱いで上半身の肌を晒す。

情事の際に見慣れたオオカミの毛並みはない。逞しい身体と滑《なめ》らかな肌。オオカミの頃とは違うなまめかしさと色気を感じ、胸がどきどきした。

早く抱かれたくて、身体が熱い。

エリアスは再び俺にキスをしながら、ゆっくりとベッドへ身体を倒した。俺はその背に腕をまわしてみる。オオカミの毛がない、しっとりとして張りのある肌の感触。人間の姿で抱きあうのはもちろん初めてのことで、新鮮な心地にすこし緊張する。

「ずっと、こうしたかった……」

エリアスはキスの合間にそう呟く。

「ケイを抱くとき、いつも、キスしたくてしかたがなかった」

そういえば以前、オオカミの口ではキスもできないとぼやいていた。あれは、俺のことを考えて言っていたのか……。

嬉しくて、俺からも唇を寄せた。

エリアスは俺の唇をじっくりと味わうと、次に首筋に唇を寄せ、軽く吸いあげた。そこから唇を離すとすこし場所をずらしてまた吸いあげる。そうして首から胸元へと降りてきて、腕の柔らかいところも吸われる。

オオカミのときは舐められることはあっても吸われることはなかった。なにげなく目をやると、赤いキスマークが予想以上に派手に散らばっていて絶句した。

鏡がないから見えないけれど、首筋にもたくさんされていたな……。

「……。エリアス。これは、ちょっと……恥ずかしいかも……」

「俺以外の者の前で服を脱がなければ問題ない」

「……首は？」

「それは虫よけだと思って諦めてくれ」

「はあ……」

彼の唇が乳首に吸いつく。もう一方の乳首は指で弄《もてあそ》ばれた。

「……っ、……」

そこも、吸われたのは初だ。刺激にびくびくと身体が跳ね、腰が動く。彼の頭を抱くようにして俺はその愛撫に耐えた。快感がじわじわと体内に溜《た》まっていくのを感じながら、腰を淫《みだ》らにくねらせる。俺もエリアスに感じてほしくて、思いきって彼の猛りへと手を伸ばした。

「ケイ……」

俺がそうするのは初めてのことで、エリアスは驚いたようにすこし上体を起こして俺の手元を見た。

彼のそれは俺のよりもずっと逞しい。片手では足りないほど太くて、血管が浮き出てごつごつした表面を撫で摩《さす》ると、これが自分の中をこうやって擦るのだとリアルに想像してしまい、腰が疼いてしかたがなくなった。

まださほど愛撫を受けたわけでもないのに、恥ずかしいことに俺のものはすでに先走りを零している。それに気づいたエリアスに、

「足を開いて」

と言われたので、膝を立てて足を開くと、そのあいだに彼が蹲《うずくま》り、俺の中心を口にくわえた。

「な……エリア……っ、そんなこと……っ」

そんなことをされるとは思っていなかったので俺は慌てたが、すぐに快感に呑み込まれた。ねっとりと絡みつく熱い舌の感触に、腰が蕩ける。軽く吸われ、扱《しご》かれると、すぐに達ってしまいそうだった。

「だめ……だ、あ……っ、達っちゃう、から……っ」

とめようとして彼の髪に触れたが、快感で力が入らず、ただ縋りついているだけになった。

身体の中で熱がうねり、とぐろを巻いて下腹部へと流れていく。

達けと言わんばかりに追い立てられ、俺は我慢できずに彼の口の中に放ってしまった。

心地よい解放感と、罪悪感。

「ご、ごめんなさい……」

申しわけなさで半泣きになりながら謝るその目の前で、エリアスが口の中のものを飲み込んだ。

俺は驚きのあまり硬直した。

「な……」

エリアスは口元を手の甲で拭うと、情欲に濡れたまなざしで俺を見つめた。

「いやだったら悪い。だが俺はこうしたかった。おまえのすべてを愛したい」

まっすぐに恥ずかしげもなく告げられて、俺は返す言葉もなく耳まで赤くなった。

彼は俺を攻める手をとめようとしなかった。俺の腰の下に枕をあてがうと、膝を抱える格好をさせた。そうして指を口に含み、その濡れた指で俺の入り口をまさぐりはじめる。

「ん……ん」

指が、中に入ってくる。

先ほどから肌に触れられるたびになんとなく違和感を覚えていたのだけれども、そういえば、エリアスの指は変化していたのだと中に挿れられて気づいた。元通りになった指は、以前よりも細く、長い。

前は二本しか挿れられなかったのに、いまは三本挿れられている。その指が、入り口を大きく広げ、奥のいいところを押して刺激してくる。さらに舌まで潜り込まされて、快感の火種が瞬く間に燃え盛る。

さっき達ったばかりなのに、もう俺の身体はさらなる快楽を熱望していた。もっと、もっとほしい。エリアスの逞しいもので貫いて、満たしてほしい。

「エリアス……もう……っ」

ねだるように声をあげると、指を引き抜かれた。そして充分緩んだそこに、熱い猛りが挿れられる。

張り出た亀頭部がヌチッといやらしい音を立てて入り、血管の浮き出た茎がずぶずぶと入ってくる。すべてが収まると、その馴染んだ感触に吐息が漏れた。こうされるのは数日ぶりだけれど、とても久しぶりのように思えた。

ウサギのときは快感に追われて、早く熱を吐きだしたいという切羽詰まった欲望ばかりだったけれど、いまはエリアスと繋がっているという幸福感を覚えることができた。

ちゃんと気持ちが通じた上で、抱きあっているんだ。そう思うと泣きたくなるほど幸せで嬉しかった。

こんなにいやらしいことをしているのに幸せと思う瞬間があることが、なんだかふしぎな気もした。

「ケイ。俺の……」

エリアスが覆いかぶさってきて、くちづけてきた。

「ふ……ん……っ」

くちづけを交わしながら、緩やかに抜き差しをされる。ウサギだった頃よりも、粘膜が、エリアスの形をつぶさに感じとっている気がする。柔らかく濡れた粘膜が吸いつくように、彼のごつごつした猛りを包み込んでいる。腰を引かれると、追いすがるように中がうごめいて離したがらないのがわかる。すこし抜かれて、またずっぷりと挿れられる。そこから火花のように快感が飛び散り、身体中に伝播《でんぱ》していく。何度も何度も抜き差しされると快感が身体中に満ちて、気持ちがよすぎておかしくなりそうだった。

「あっあっ、……っ」

エリアスの興奮も増してきたようで、荒い息を吐き、腰遣いが激しくなってきた。俺の足首を摑み、ベッドに縫いつける。そうすると結合部が天井をむく格好になり、真上からほぼ垂直に腰を打ちつけられた。

「っ……あっ、ああ……っ」

互いの身体から汗が飛び散る。結合部から体液が溢れて腰に流れ落ちる、その刺激すら快感になった。互いの身体を貪《むさぼ》るように快感に没頭する。気持ちよくて、気持ちよくて。ウサギだった頃も気持ちよさに夢中になったが、心を通わせたセックスが、これほどとは知らなかった。段違いに快感のレベルが違う。身体中を血流に乗って快感が駆け巡り、つま先から舌先まで甘い痺れが火花を放つ。

「すごい、な……ケイの中……」

気持ちよさそうにエリアスが熱い息を吐く。自分の身体でエリアスも感じてくれていることを知り、嬉しさと共に熱が高まる。

結合部は蕩けてドロドロだ。このままいつまでも快楽に全身を浸していたいが、頂点はすぐそこに迫っていた。

「ケイ……悪い、先に達きそうだ……」

エリアスがめずらしくそう告げた。俺の中心を握り、後ろの抜き差しを緩めようとする。いつものように引き抜いて、外で果てるつもりのようだ。俺はとっさに引きとめた。

「待って……！　お願い、俺の中で達って……」

「え……中で……？」

戸惑ったように見下ろされた。

「そう……中に、だしてほしいんです……お願い……」

「いいのか？」

「それが、いいから……。お願い……奥に……っ」

「……っ、……わかった」

エリアスはひどく興奮した顔をして、腰を打ち振るった。

身体が熱い。熱くてたまらない。快感が身体の中で激しく暴れ、高みへと急激に昇りつめる。耐えきれない快感で内股《うちまた》が震える。

「ケイ……っ」

もう、達く。そう思ったとき、エリアスが俺にくちづけた。それと同時に俺の中に彼が情熱を解き放った。どくどくと音を立てて奥に注がれる。

「んん……っ！」

すごく、いっぱい……。

熱い液体を多量に奥に注がれて、その刺激で俺は全身を震わせて頂点へと昇りつめた。つま先までが痺れるような強烈な快感。それは初めて覚えた快感だった。

中にだされるのがこんなに気持ちいいなんて……。

自分が射精したものが腹を汚し、顎にまで飛び散ったのに、そんなことも気にならないほどの快感だった。

唇を解放され、楽な体勢に戻されると、身体をしっかりと抱きしめられた。楔《くさび》はまだ挿れられたままだ。いつもすぐに身体を離されていたことを思うと、それが泣きたくなるほど幸

せに思えた。

天井からふわふわと降りてくるような感覚の余韻に身を浸していると、エリアスが心配そうに覗き込んできた。

「だいじょうぶか……？　言われるままに、中にだしてしまったが……」

「はい。ずっと、こうしてほしかったんです……中にだしてほしいって、ずっと思ってました……」

ちょっと赤くなりながら答えると、エリアスの瞳に情欲の色が覗いた。

「おまえの身体を案じて、遠慮していたんだが……そうか……。じゃあ、次もそうする」

飛び散った残滓《ざんし》を、エリアスが拭《ぬぐ》ってくれる。

そうか。もう恋人なんだから、次もあるんだよね。またそのうちこうして抱きあえるんだ、などとぼんやり思っていたら、

「まだ足りない。もっと抱きたい。すこし休憩したらな」

と言われた。まさかいまからもう一度？

俺がウサギのときは続けて何度も抱かれたけれど、いまはあれほどの性欲はない。

エリアスも正常に戻ったと思っていたけれど。

「……もしかして、後遺症なのでは……？」

「魔法の後遺症じゃないと思うが、ある意味、後遺症かもな。おまえを抱ける幸せを知って

しまったから」

　エリアスが自嘲するようにかすかに笑う。

「魔法をかけられて、手伝うという建前でおまえを抱けるようになったとき、なんて幸せが転がり込んできたのかと思ったものだが……。気持ちを確認した上で抱きあうのは、やはりそれとはまったく違うな」

　それは俺もおなじ気持ちだ。

　おなじ行為でも、気持ちを伝えていなかったときとはまったく違うと抱かれていて感じた。

「もう、知らなかった頃には戻れない。できることならまた毎日抱きたい」

「え。毎日？」

「可能なら前とおなじように朝晩。嫌か？」

　嫌かと訊かれてしまうと……。

「ええと、体力的に自信がないので……できれば夜のみの方向で」

「わかった。約束したぞ」

　エリアスが楽しそうに頷いた。そしてようやく俺の身体から楔を引き抜くと、隣に横たわり、俺の髪を撫でながら思いだしたように言う。

「そうだ。一つ、謝りたいことがある」

「なんでしょう」

「キスのことなんだが。以前、キスしたことがあると言っただろう」

「そうでしたね」

キスしたのは片想いの相手のはずだ。俺のことがずっと好きだったと言ってくれたけれど、でも俺はキスした覚えはない。どういうことかな。

「それは……どこのご令嬢と？」

「いや、俺はずっとおまえだけを好きだったと言っただろう」

「そうですけど、俺はエリアスとキスした覚えは……」

「おまえが寝ているときに、勝手にした。……五回ぐらい」

「……知りませんでした」

「悪かった。少年の切ない恋心に免じて許してくれ」

そういうことだったのか。俺、キスしたことがないと思っていたけど、知らないうちに五回もしてたのか。

俺は笑った。

「べつに謝らなくていいです。見知らぬ令嬢に嫉妬しなくてすんでよかった」

エリアスが幸せそうに微笑み、身を起こす。

「さて。できそうか」

「え。もう？」

「今日の仕事は放棄する。積年の想いが溜まってるんだ。朝まで放すつもりはないから覚悟してくれ」

「溜まってるって、でも一か月ずっと抱いてたじゃ――」

俺の反論はキスで封じられた。

そうしてその夜はエリアスの部屋に泊まり、宣言通り朝まで抱かれてしまった。

八

俺と父を乗せた馬車は公爵家の門を出ると石畳の街道を進み、川むこうにある王宮を目指す。公爵家の塀沿いに立つポプラ並木を通り過ぎ、アブラムソン橋を渡っていると、歩いて橋を渡る人や乗馬で渡る人の姿が見える。いつもと変わりない風景を車窓から眺め、平和で平穏な世界が続いていることに俺は静かに安堵する。

「ケイ」

話しかけられ、父のほうへ顔をむけると、父は車窓を見ていた。

父も人間の姿に戻っている。でもあの一件以来、魚を食べられなくなってしまったらしい。俺もウサギの肉を食べる気になれないから気持ちはよくわかる。

「私の元に来たリナという娘。あの子はよく働くし気立てのいい子だな」

リナは二週間前から父の元にいる。そちらにいる部下に指導してもらうようにしたんだ。

リナとエリアスが恋人じゃなく、変に気を使う必要もないとわかったからね。

「そうですね」

「でもな。お喋りでかなわん」

たしかに。来たばかりの頃はおとなしかったけど、慣れてきたら辺り構わずよく喋るようになった。

「今日は帰宅するのか」

「ええ、そのつもりです。でも場合によってはわかりません」

「そうか」

エリアスと想いを通わせてから二週間が経過した。いま俺は、週の半分はエリアスの部屋に泊まるようになっているんだけれど、宿泊先を父にははっきりと教えていない。急に不在がちになった息子を、ようやく結婚にむけて動きだしたと父は思っているようだ。

「ところで最近の陛下はどうだ。お心に変化はなさそうか」

出た。恒例の月一チェック。

俺はすこしためらってから口を開いた。

「ええと……少々、変化の兆《きざ》しが」

「ほう」

父がこちらをむいた。

「相手は誰だ」

「……。俺、です」

父の目が見開かれた。

父は宰相として王の動向を窺っているだろうし、いずれ俺たちの関係は父にばれるだろう。ならば俺から伝えたいと思った。もうすこし時間をかけてやんわりと伝えていくべきか悩んだんだけど、結局直球で伝えてしまった。

父が言葉を失ったのは一瞬だった。次の瞬間には大きく口を開けて笑い、

「でかした」

と言った。

「まさか息子がやってくれるとはな。そうか、そういうことだったか。これで我がカルネス家も安泰だ。おまえはいつも、予想を上まわることをしてくれる。規格外にできた息子だ。あ、今夜は帰ってこなくていいぞ。存分に陛下に尽くせ」

王宮に着くと父は上機嫌で馬車から降りた。

ショックを受けて心臓発作でも起こさないか心配だったけれど、だいじょうぶそうでよかった。

もしかしたら、薄々察していたのかもしれないな、とちらりと思う。

俺も馬車から降りて正殿内へ入り、父と別れて廊下を進んでいくと、王弟と出会った。彼はすこし先から俺を見つけると立ちどまり、俺をじっと観察してきた。

「おはようございます、殿下」

近付いてあいさつしても、彼は顎に手を添え、思案顔で俺を観察している。

「ケイ……。ウサギじゃなくなったというのに、きみは、ウサギのときより色っぽくなっていないか？」

「ご冗談を。殿下には到底及びません」

俺は愛想笑いで受け流し、先へ進んだ。そして階段手前の姿鏡に映る自分を見る。

ひと月半前より髪がすこし伸びた。でもそれ以外はなんら変わりないように俺には見える。

でもじつは、王弟以外にも色気が増したと言われることが増えていた。

先週の夜催された舞踏会では、男女問わずそれを指摘されたし、だいぶ口説かれた。

俺はなにも変わっていないと思うんだけど、でも、これだけ多くの人に言われるということは、変わったんだろうな。

思い当たることは、まあ、エリアスとの関係が変化したせいか。

あれから約束通り、毎晩抱かれているし……。

俺はちょっと赤くなって鏡から目を逸らし、執務室へむかった。ベストの内ポケットから鍵をとりだしながら行くと、扉の前にはラルフが立っていた。ということは室内にはエリアスがいるということだ。朝早いのに、今日はもう先にいるのか。

俺が鍵をポケットにしまいながら扉へ近づくと、ラルフがあいさつしてきた。

「おはよう、ケイ」

「おはよう」

ラルフには俺とエリアスの仲はばれている。ラルフだけじゃなくほとんどの近衛隊員にもばれているだろう。

ラルフがそばにいるのに扉を揺らしながら抱かれたあの一件以来、俺はしばらくラルフと目をあわせられなかったんだけど、最近はもう、開き直りというか慣れというか諦めの境地というか、以前のように接している。ラルフのほうも素知らぬ風にしてくれているから助かる。

室内へ入ると、エリアスが俺の席にすわっていた。

「おはようございます……なぜそこに？」

エリアスが口角をあげて立ちあがる。

「おまえが見る世界を知りたくなってな」

歩み寄ると、大きな胸に抱き寄せられた。

「早く会いたくて、早く来てしまった」

優しく唇を重ねられる。

幸せな甘い時間。唇が離れた後、互いに見つめあって微笑む。するとそこにノックの音が。

慌てて身体を離す。

「早朝から失礼します。至急の報告がありまして」

伝達係の侍従がやってきて、エリアスに報告をして出ていった。

侍従を見送ったあと、エリアスが肩をすくめた。

「キスすると邪魔が入るな」

じつは一昨日《おととい》も、キスしているときに侍従がやって来たんだ。もちろんノックしてから入ってきたから、キスしてたのはばれてないはず。でも、不自然な雰囲気を察したんじゃないかなと思う。昨日の侍従はノックのあとにだいぶ時間を置いてから扉を開けてたし、いまもそうだ。

「仕事場でキスするなということか」

「そういうことでしょう」

俺たちは笑って席についた。

それから仕事に集中し、昼になったら俺はいったん王宮を抜け出た。買い物をすませてカフェテラスへ行くと、ナータンとドーグとエリアスが中庭で遊んでいた。

今日も甥たちと遊ぶ約束をしていたんだ。

「あ！　ケイたんだ！」

「ケイにーちゃん、おかえりー！」

テラス席にすわる姉にひと声かけてから、エリアスたちのほうへむかう。

甥のふたりももう子パンダじゃなく、人間の姿だ。子パンダの頃もかわいかったが、元の姿も天使のようにかわいい。

「なにを、かってきたの？」

「ふたりにはこれ」

マフィンの入った袋をそれぞれに渡した。

「ママに聞いてから食べるんだぞ」

「ママー！」

ふたりは一目散《いちもくさん》に姉のところへ駆けていく。そしてニコニコ顔で戻って来た。

「たべていいって！」

子供たちが芝にすわってもぐもぐ食べはじめるのを見てから、俺はもう一つの袋をエリアスに渡した。

「これ、どうぞ」

中にはマカロンが入っている。これは、ぜひ食べてほしかった。

春祭りのとき、マカロンを買おうとしたらいらないと言われてしまったから、今回も断られてしまうかもしれないとすこし不安だった。

そんな俺の緊張を感じとったようで、エリアスは黙って受けとり、中を覗いた。

「マカロンか？」

「ええ。食べてみてください」

エリアスが一つつまんで口に入れる。ゆっくり咀嚼《そしゃく》して飲み込むと、俺に視線を寄越した。

「すこし、味が変わったな」

「ええ。改良したんですって。いかがですか」

エリアスはもう一つ口に入れた。

「……うまいな」

真剣な顔で、頷きながら呟くように言う。

俺は胸を撫でおろした。

よかった。

「ベースはおなじようだが、甘みが増した。おまえは食べたのか」

「ええ。お店で一口だけ試食させてもらいました」

エリアスがマカロンを一つつまみ、俺の口元に差しだした。

もうウサギの手じゃないから自分で食べられるんだけど……。

子供たちも見てるんだけど……。

俺はちょっと照れながら口を開いた。エリアスの指が俺の口にマカロンを入れる。

触感も味も、以前のものと大きな変わりはない。でも明らかに以前とは違った。

マカロンの改良は俺のエリアスへの気持ちを連想させる。俺の想いは昔からずっと変わらない。でも気持ちが通じてから、より深く強いものへと変化した。

「また、気がむいたら買ってきてくれ」

そう言ってもらえて、本当に嬉しい。

味が改良されたのはたまたまだった。エリアスがいらないと言ったことなど、もちろん菓子店には伝わっていないんだけど、あとで店主にお礼を言っておこう。王が喜んでいたと伝えておこう。

一部始終をじっと見ていたナータンが俺に言った。

「それ、ナータンもたべたいな」

「これはなあ……後でママに頼んでみてくれるか。悪いけど、これは俺からはふたりに渡せないんだ」

マカロンを渡すという行為は、俺にとって特別なものだった。たとえ甥でも、エリアス以外の人にはあげられない。

「えー」

頬を膨らませるナータンの横で、ドーグが唐突に言った。

「オオカミしゃんとケイたんは、けっこんしたの？」

「……はい？」

「けっこんしたの？」

ナータンが弟に突っ込む。

「ちがうよ。ふたりはこれからけっこんするんだよ」

「いや、ちょっと……」

子供のふたりにも、俺たちの仲が微妙に変化したことに、気づかれているんだろうか……。

俺は返答に困って顔を赤くさせた。

エリアスが「なるほど」となにか思いついたように声を上げた。

「ふたりとも、よくぞ言ってくれた。そうだな……そうしようか」

な、なに？

なんか嫌な予感……。

エリアスを見ると、彼はにやりと笑う。

「いい考えが浮かんだ。俺は王なんだよな。法を改正することも不可能じゃない。同性婚を認めるよう、司法に話を進めてみるか」

「え、ええっ！」

エリアスが楽しそうに、でも本気の熱を瞳に込めて俺を見つめる。

「結婚しよう、ケイ」

「いや、あの……ええっ？」

考えてもみなかった、あまりのことに俺は動転し、視線をさまよわせた。

助けを求めるようにテラス席に目をむけると、姉の隣にリナと魔女がすわっていて、なにやら楽しそうに盛りあがっている。

同性婚の法改正なんて。エリアスのことだから、きっと話を進める。

うわあ。大変なことになりそうだ……。

でも、俺はエリアスについていくだけだ。

エリアスはまだ俺を見つめて、返事を待っている。

これから巻き起こるであろう一波乱を思い、そしてその先にあるかもしれない未来を想像して、俺は空を見あげ、ため息をつき、それからしっかりと頷いてみせた。

舞踏会の朝

朝、目を覚ますと隣でケイが眠っていた。

昨夜、激しく抱いてそのまま眠ってしまったから、一糸まとわぬ姿だ。

寒いのか、手足を縮めて丸くなっている。俺はその身体《からだ》に毛布を掛け、髪を撫《な》でた。

金色の細い髪がさらさらと頬にかかる。それをそっと払うように頬を撫で、耳を撫でる。

無防備に寝ているな……。

夢みたいだと思う。

ケイと抱きあい、一夜を共に過ごす。幾度となく夢見てきた光景だが、まさか本当にこんな日が来るとは。

俺は一度寝室を出て侍従に浴室の準備を頼んだ。そして支度が終わった頃、ケイを起こす。

「ケイ」

何度か名を呼ぶと、彼のまぶたがゆっくりと開いた。

「ん……おはよ……」

ふんわりと花のように微笑《ほほえ》んで、また目を閉じる。

——まったく。

くそ可愛いな、おい。

いつも彼は俺が王だからと、俺の身体にさわるのを遠慮しがちなのだが、昨夜はめずらしく積極的に愛撫《あいぶ》してくれた。だからつい興奮して夜更けまで激しくしてしまったため、疲れが残っているかもしれない。

受け入れる側の負担が大きいことは重々理解しているのだが、つい、いつも無理させてしまっていると思う。

反省しつつ彼の身体を抱きあげ、浴室へむかった。そして彼を抱いたまま湯船につかる。

「う……ん？」

ケイはさすがに目を覚ましたが、まだ夢見心地のようにぼんやりと視線をさまよわしている。

「目が覚めたか」

「あ、れ……いつのまに風呂に」

「寝ているところを悪いな。そろそろ起きて準備をしないと」

「――あ。今日は建国記念日」

「そうだ」

「うわ。いま何時ですか？」

「焦らなくてだいじょうぶだ。まだ余裕はある」

今日は建国記念の式典がある。午前中はゆっくりしていられるが、午後には晩餐会《ばんさんかい》と舞踏会が催される。

舞踏会。

晩餐会は席が決まっているからまだいい。だが舞踏会は——憂鬱《ゆううつ》だ……。

無意識にため息をつくと、ケイが窺《うかが》うような視線を寄越してきたので言いわけする。

「夜の舞踏会が憂鬱でな」

「エリアスは舞踏会が苦手ですよね」

ケイが納得したように苦笑する。

ケイには以前、舞踏会が嫌な理由について、好きでもない女と踊らなきゃいけないのが面倒だとか話した覚えがある。まだそれを信じているようだ。本当は踊ることぐらいわけない。

気持ちも通じたことだし、本音を語ってもいいかもしれない。

「苦手じゃない。嫌なんだ」

俺はあえて偉そうな態度で堂々と言った。

「今日の舞踏会は建国記念式典の一環であるし、社交場の提供は王の義務でありそれに出席することは仕事でもあるとわきまえている。が、参加したくない。というか、はっきり言えば、ケイを参加させたくない」

「俺、ですか?」

「そうだ。ケイが誰かに口説《くど》かれているところなど、見たくない。前々から嫌だったが、最近のケイの人気は度を越している。先日も舞踏会に出たら、男女問わず口説かれまくっていただろう。こっちは気が気じゃないんだ。伯爵《はくしゃく》家のなんと言ったか、いつもの男。ケイは酒が飲めないと知っていながら毎回酒の入ったグラスを渡そうとするやつなんかもいただろう。ふざけるなと思う。俺は立場上、おまえにべったりくっついてガードしているわけにもいかないし。自分の恋人が口説かれてさわられているところを遠くから黙って眺めていなければならないんだ。こんなの苦行でしかない」

ケイの頬がほのかに赤くなる。

いっそ欠席させてしまえばいいのだが、ケイも公爵《こうしゃく》家嫡子という立場であり、自分のわがままで欠席させるわけにもいかない。舞踏会は男女の出会いの場所というだけでなく政治的駆け引きの場でもある。

一同の前でキスでもしてしまえば口説く者はいなくなるだろう。だがそういう乱暴な真似《まね》はケイに精神的負担を強《し》いることになる。以前ラルフが廊下にいるのにわざと扉の前で抱いたことがあったが、その後ケイが気まずい思いをしていて申しわけなかった。あれはやりすぎだったと反省している。

わざわざ見せつけるような真似をしなくても、近衛《このえ》兵や侍従にはすでにばれているのだし、他の者にも徐々に知れるようになるだろう。

焦らずとも、いますこしの辛抱だ。わかってはいるのだが。

「あの……エリアス……」

　ささやくようなか細い声で名を呼ばれ、ふと見ると、彼は困ったような表情で頬を赤くし、目を潤《うる》ませていた。

「あの……手を……」

　指摘されて気づいたが、舞踏会のことを考えながら彼の身体を愛撫していたようだ。

　ケイの肌はきめが細かくてさわり心地がよく、つい撫でてしまいたくなる。すると、感度のいい彼は困ったことになるらしい。

　仕掛けるつもりはなかった。しかしそんな色っぽい顔をされたら、こちらもその気になってしまう。

「すまない。これからだと……身体が辛《つら》いか」

「……ここではちょっと……でもベッドなら……」

　そう言ってくれたので、俺はケイを抱いたまま立ちあがり、浴室を出た。

「無理はしない」

　ケイにというよりも自分に言い聞かすつもりで言い、寝室へ戻る。

　後ろへの挿入はせず、触れあって互いの熱を確認し、乱れた息も落ち着いた頃、なんとはなしに話を再開した。

「おまえは舞踏会が好きだったな」

きらびやかで華やかで、その場にいるだけでわくわくすると以前言っていた。

「ええ」

ケイは頷《うなず》いた後、すこしためらうように言った。

「エリアスが踊る姿を見られますから」

なんだそれは。初耳なんだが。

「会場にいる誰よりも輝いていて格好よくて。本当に物語の王子様って感じで、毎回惚《ほ》れ直すというか……あ、もう王様ですけど。そんな陛下をじっくり眺められる貴重な日ですから」

頬を染めながら恥ずかしそうに語る。

踊る俺を見られるからだと？

ケイがそんなことを口にしてくれる日が来るとは。

「……なるほど」

そんなことを言われたら、はりきって踊らないわけにはいかないではないか。

「おまえは俺を動かすのがうまいな」

「そういうつもりでは」

憂鬱に思っていた行事も、ケイのお陰でやる気が出た。

今夜も惚れ直してもらえるよう、せいぜい頑張るとしよう。

俺は機嫌よく彼の甘い唇にくちづけを落とした。

当直

近衛《このえ》隊員が王の居室前の廊下で見張りの当直をする日は、月に一度まわってくる。

今夜がその日だ。

ヨエルは憂鬱《ゆううつ》な気分で深夜の廊下に直立不動の姿勢をとっていた。

憂鬱な理由は今夜の相棒だ。当直は二人一組なのだが、今夜はフィリップと一緒だった。

フィリップはヨエルにとって、誰よりも嫌いな男だった。

いつからだろう。入隊した四年前はさほど嫌いでもなかった。だが次第に嫌い度が増していき、いまではおなじ空間で息を吸うのも嫌だと思うほどになっている。

「陛下はうまくやったな」

暗い廊下、扉を挟んでむこう側に立つフィリップの声がひそやかに響いた。

自分たちの他には誰もいない。どうやらいまのは自分に話しかけたものらしい。

無視するのもどうかと思い、正面をむいたまま、しかたなく小声で返す。

「どういう意味だ」

「陛下は以前からケイ様に想いを寄せていたように思うんだ。それで今回の騒動をきっかけにして、騒動が収まったあともさ……いま、ケイ様、泊まってらっしゃるだろう」

夕方、ふたりは一緒に部屋に入り、それ以降出てきていない。

獣人《じゅうじん》騒動が収まってから、週の半分はケイが泊まるようになったことは、近衛隊員のあいだでは周知のことだ。

「羨《うらや》ましいな……」

フィリップがぽつりと呟《つぶや》く。ヨエルはぎょっとした。

「羨ましいって、おまえ、まさかケイ様を？」

「え、いや違う。そうじゃない。俺がケイ様をってことじゃなくて、あの騒動をきっかけにして、想いを通わせたおふたりが羨ましいなって意味だ」

ふうん、としか思えなかった。だから返事はしなかった。

するとフィリップが再び呟く。

「俺はあの騒動で……。あの騒動が収まったら、以前の関係に戻ってしまった。だから羨ましい」

はっきりとは言わないが、どうやら想う相手がいるらしい。獣人化してその相手と関係を持てたが、魔法が解けたら関係も途切れたということか。

自分たちはウサギだった。性欲を制御できず、隊員たちは誰かれ構わず乱交していた。悪夢のような日々だった。自分も性欲がひどく、何度もフィリップに抱かれた覚えがある。もう思いだしたくもない。

「また魔女が魔法をかけてくれないものかな」

「冗談だろう？」

さすがに冗談と思ったが、彼の横顔を窺《うかが》うと、どうも本気のようだ。

「本気さ。だって、またウサギになれば、身体《からだ》の関係は続けられる」

「おまえな……」

呆《あき》れてため息をついた。その後、すこし待ったが彼の言葉は続かない。なんとなく気になったので、ヨエルは尋ねた。

「つまり、おまえ、ふられたってことか」

「違う。俺の気持ちを相手に伝えたことはないから」

意外なことを耳にし、ヨエルは目を瞠《みは》った。

「へえ。誰にでも気軽に告って、誰とでも気軽につきあうくせに。めずらしいな」

「……本気の相手には、めちゃくちゃ嫌われてるから。告白なんてとてもできない」

「へえ。俺の知っている相手か」

「ああ」

「まじか。誰？」

フィリップの顔がヨエルのほうをむいた。

「……おまえだ」

ヨエルは言葉を失った。

しばらく、無言のまま見つめあった。

フィリップは冗談を言っている雰囲気ではない。薄暗いがランプの明かりでその表情は窺える。ひどく真面目な顔をしていた。

「……冗談、だろう？」

ヨエルがかすれた声を絞りだしたとき、フィリップが近づいてきた。

「おい、フィリップ、勤務中……」

フィリップはヨエルの前に立つと、その頭の両脇の壁に手をついた。

なにをされるのかと、ヨエルは息を呑《の》んだ。フィリップが静かに話しだす。

「俺、おまえが好きなんだ。でもなぜか嫌われてる。おまえ、めちゃくちゃ俺のこと嫌いだよな。だから諦《あきら》めようとして、いろんな相手とつきあった。でも誰とつきあっても、おまえを諦めることなんて無理だった」

本気の声。本気の目で告げられる。

「お互いウサギになって、これ幸いとおまえを抱いた。何度も抱いた。そうしたらもう……諦めることなんて、とても無理だと悟った。いま、俺はどうしたらいいのかさっぱりわからない。教えてくれ。どうしたらいい」

「……んなこと言われても……」

ヨエルはフィリップが嫌いだ。

自分は常に平常心を保ち、日々を穏やかに過ごすことを好む。しかしフィリップがそばにいると、平常心を保つことができない。笑顔で肩を抱かれたりしたら、胸が高鳴り、呼吸が苦しくなる。だからそばにいたくない。彼に新しい恋人ができたなんて話を聞いた日には、胸がもやもやして苦しくなる。他になにも手がつかなくなってしまう。

ウサギになって彼に抱かれたときのことなどは、動悸《どうき》息切れめまいどころじゃない。あの激しい興奮と混乱は、自分にとって消したい記憶だ。

自分が冷静さを保てなくなるのがヨエルはなによりも嫌だ。だから自分の心を乱す元凶であるフィリップが、大嫌いだ。

「……俺、おまえのことが、大嫌いだ」

「知ってる。でも諦められないんだ。俺のどこが嫌いなんだ。なんとしても直すから、教えてくれ」

「無理だ。存在自体が大嫌いだから」

フィリップが泣きそうな顔をして肩を落とした。壁についた手を力なく下ろす。

「そうか……」

呟いて、一歩下がる。持ち場へ戻ろうとするその横顔を見ると、涙がいまにも零《こぼ》れそうだった。

「フィリップ」

その彼を、ヨエルは呼びとめた。

「本気の相手は俺だという言葉は、信じていいんだな。誰にでもおなじことを言っていたりしないな」

「当然だ」

ヨエルは眉根を寄せてフィリップを睨《にら》みつけ、しばし黙った末に言った。

「ひとつ、提案がある」

「なんだ……？」

覇気なくこちらを見つめる瞳をまっすぐに見つめ、言ってやった。

「キスしてみろ」

「……へ？」

「俺にキスしてみろと言っている」

ぽかんとしている彼に、怒った口調で続けて言う。

「おまえが毎日キスし続けたら、それが日常になる。そうしたら俺は平常心を保てるようになるかもしれない。保証はできない。でもうまくいけば、道が開ける可能性はあるぞ」

「えーと」

フィリップは混乱した顔をしつつ、ヨエルに一歩近づいた。

「よくわからないが……キスしてもいいってこと、だな？　いま、していいのか？」

「ああ」

フィリップが身をかがめ、そっと顔を近づけた。

ゆっくりと、柔らかく唇が重なる。

唇はすぐに離れていった。そして不安そうに見つめてくる男の顔。

ヨエルは思いきり不快そうに顔をしかめた。

「……ヨエル？」

「……うん。当然ダメだ。ダメじゃなくなるまで、当分続けてみてくれ」

「えっと、もういちど、してもいいのか？」

「いまじゃない。一日一度だ。そうでないと俺の心臓が持たない」

「りょ……了解……」

いまはキツネにつままれたような顔をしているフィリップが幸せな笑顔を見せるのは、これから半年ほど先の話である。

あとがき

お久しぶりです。

久々にBLスイッチが入り、こんな話を書かせていただきました。

事前に担当編集者Aさんから最近のBLの動向を窺ったところ、「獣人が流行ってますよ。ちいさい子が出てきたり、グルメとか」とのことで獣人の話にしてみたのですが、いやー、書いているあいだ、毎日楽しかったです。最後のほうは書き終えるのが残念に思えるほど書くのが楽しくて、あー、やっぱり私BLが好きなんだなーと再認識した次第です。


そして執筆後のご褒美、イラスト！

はあ〜、素敵ですね〜！

じつはこのあとがきを書いているいま、イラスト初見の直後なんです。

どちらのデザイン案がいいか選んでくださいなどという二択もあり、ええっ！　どっちも素敵で選べないですよ！　という嬉しくも苦しい作業を終えたところでして。はあ。まだ興奮が収まりません。今夜はドキドキして眠れないなあ。

子パンダは可愛いし、ウサギケイもオオカミエリアスも格好いい……。獣人を描くのってきっと難しいと思うんですけれど、イラストレーターさんってすごいなあと感心してしまいます。しかもこの話、舞台が中世ヨーロッパ風だから衣装やら背景やら、とても面倒だったと思います。今回、陵クミコ先生にお引き受けいただきましたが、なんでこんな仕事を引き受けちゃったかなと後悔したに違いありません。

陵先生にはこの場を借りて御礼申し上げます。本当にありがとうございました！

また担当Aさん、今回もお世話になりました。いつも突拍子もない提案や質問を繰りだす私に、即座に冷静かつ的確な回答をしてくださり、まっとうな道へ導いてくださってありがとうございます。オメガバースのレクチャーも大変参考になりました。

最後に、ここまで読んでくださったあなたに最大級の感謝を。

もし感想など頂けたら泣いて喜びます。

それではまた。

二〇二一年三月

松雪奈々

✦初出　乙女ゲーで狼陛下の溺愛攻略対象です……………書き下ろし
舞踏会の朝……………………………………………書き下ろし
当直……………………………………………………書き下ろし

松雪奈々先生、陵クミコ先生へのお便り、本作品に関するご意見、ご感想などは
〒151-0051 東京都渋谷区千駄ヶ谷 4-9-7
幻冬舎コミックス　ルチル文庫「乙女ゲーで狼陛下の溺愛攻略対象です」係まで。

幻冬舎ルチル文庫

乙女ゲーで狼陛下の溺愛攻略対象です

2021年4月20日　第1刷発行

✦著者　松雪奈々　まつゆき なな

✦発行人　石原正康

✦発行元　株式会社 幻冬舎コミックス
〒151-0051 東京都渋谷区千駄ヶ谷 4-9-7
電話 03(5411)6431［編集］

✦発売元　株式会社 幻冬舎
〒151-0051 東京都渋谷区千駄ヶ谷 4-9-7
電話 03(5411)6222［営業］
振替 00120-8-767643

✦印刷・製本所　中央精版印刷株式会社

✦検印廃止

ISBN978-4-344-84853-5　C0193　Printed in Japan